もふもふ大好き家族が聖女召喚に巻き込まれる

～時空神様からの気まぐれギフト・スキル『ルーム』で家族と愛犬守ります～

水澤優衣

聖女召喚に巻き込まれて
家族そろって異世界に
飛ばされてしまった水澤家の長女。
日本では看護師として働いていた。

ルージュ

旅の途中で優衣達が
出会ったクリムゾンジャガー。

ビアンカ

旅の途中で優衣達が出会った
フォレストガーディアンウルフ。

CHARACTERS

華憐
異世界に召喚された聖女。
自分勝手で我が儘。
晃太
優衣の弟。日本では
私鉄の運転手として
働いていた。
龍太
優衣と晃太の父親。
日本では業務用台所の
設計をしていた。
景子
優衣と晃太の母親。
水澤家の家事を一手に担う。
花
水澤家の愛犬。

第一章　スキルルーム

今日は久しぶりに家族全員が揃った。私、水澤優衣は看護師、弟の晃太は私鉄の運転手、父、龍太は業務用台所の設計、母、景子は専業主婦、カニヘンダックスフントの愛犬・花。それぞれ忙しい毎日なので、家族が揃うのは本当に久しぶりだ。さて、お昼はラーメンでも食べに行こうか、なんて話していると、チャイムが鳴った。

近くにいた私がモニターを見ると、派手な格好をした女性がいた。後ろには有名なドイツの外車。きっと向こうも家族が勢揃いしてる。

「うわあ、華憐や」

「あの人、よお家に来れるなあ」

私の声に、寝そべっていた花にすりすりしていた晃太が、呆れたように声を上げる。

華憐には、私達家族全員、迷惑を被っている。

車があるからいるって分かっているだろうし、返事をするまでチャイムを押し続けそうだ。仕方ない、出るか。

「なに？」

『あ。優衣ちゃん、今日さあ、実はあ』

「いい加減にしなさいよ、どうせ、マリンちゃんを預かってとかやろ。飼い主なんだから自分で世話せんね」

マリンちゃんとは、華憐が衝動的に買ったチワワだ。よくうちに預けて遊びに行く。あまりにも頻繁で、断ると門扉にリードを引っ掛けていくこともある。あの時はか細い声に気づいて、慌てて家に入れたけど、よほど寂しかったのか、マリンちゃんは母の膝から降りようとしなかった。

『違うの、マリンはシャンプーに預けているから、十六時過ぎに迎えに行っ——』

「だから、いい加減にせんねッ」

堪らず怒鳴った瞬間、カッと白い光に包まれた。足下にあるはずのフローリングの感触がなくなり、いきなり襲う浮遊感。

「え？」

体が浮いている。花が悲鳴のような鳴き声を上げ、私の意識がそちらに向く。花は母に抱かれている。その母も身を守るように体を丸くしている。母に向かって手を伸ばすのは晃太。

「優衣っ」

私に手を伸ばしているのは、必死の形相の父だ。咄嗟に父の手を掴む。そして、父と晃太が伸ばした手が繋がった瞬間、ブラックアウト。一瞬意識も飛んだみたい。

次の瞬間、お尻に衝撃が走り、私達は絡まるようにして倒れこんだ。

視界に入ったのは、石の床、そしてローブや騎士っぽい鎧を着た、まあ、ファンタジーな格好をした人達。歓声がすごくて、花が怖がって吠える吠える。

なにここ？　と、思わず見回すと、華憐達一家が目に入る。なにやら喚(わめ)いているが、私達は、私達を守るのに精一杯。花を抱える母を中心に固まるしかない。

「なぜ、こんなに召喚されたのだ？」

「呼んだのは聖女だけだが、その周囲にいたものが稀(まれ)に巻き込まれると」

つぶやく声を拾う。なぜか日本語だ。明らかに外国人の容姿をしているのに。

これで大体察した。これはいわゆる『聖女召喚』だ。ただ、そういった設定のライトノベルはおそらく私しか読んでいないはず。両親は呆然としている、晃太はなんとなく察したようだ。

そして、二人の男性が来て鑑定をするという。まず嬉々として鑑定を受けたのは、華憐達家族だ。

結果、華憐はバツ二の出戻り『聖女』、若作り命の華憐の母はバツ三『大魔導師』、水色に髪を染めた自堕落なニートの華憐の弟は『聖騎士』、赤く髪を染めている、男を常に何人もキープするために大学やホストクラブに通う学生の華憐の妹は『大賢者』。

「おお、やはり聖女様でしたか、これだけ美しいとなると疑いようがないですな。それに大魔導師、聖騎士、大賢者、素晴らしいっ。やはり召喚して大正解であったなっ」

ベテランっぽい鑑定士が、華憐達をよいしょ。華憐達はどやあ、という顔をしていた。

その間、私達は一ヶ所に固まっていた。数人のローブを着た人や、騎士っぽい感じの人が、害意はありませんと言っていたが、いまいち信じられない。

「もしや、こちらの女性もそうやもしれん。過去には聖女と同時に神子(みこ)も召喚されたことがあるという」

「可能性はあるな、さ、こちらにっ」

今度はこちらを爛々(らんらん)とした目で見てきた。

絶対に嫌な予感がする。もう一人の中堅っぽい鑑定士が、私の腕を掴んだ。

え？　こっちの了承もなしに？　そして知らない人に腕を掴まれる恐怖。

「娘に触らんでくださいっ」

父が声を張り上げ、鑑定士の手を払いのけ、私を後ろに隠そうとしてくれた。

「でも。鑑定しないと」

「なんでそっちの都合で個人情報さらさんといけんのですか？」

晃太が剣呑に言葉を放つ。数人が、あ、そうだよね、みたいな顔になる。

「えっと、では職業だけでも鑑定させていただけないでしょうか？　その、今後の流れにも関わるので」

中堅っぽい鑑定士が、やっと説明する姿勢を見せた。

「嫌ですよ。さっさと元の世界に戻してくれたら、鑑定なんでせんでいいでしょう？　さ、家に帰してもらえますか？」

晃太が剣呑な空気のまま言い放つと、中堅っぽい鑑定士がわずかにうろたえた。なんや、嫌なうろたえ方やな。

「もういい、鑑定は済んだ。これらは『聖女召喚』の巻き込まれ者であろう」

ベテラン鑑定士がこともなく言った。

「こっちの許可もなく鑑定したんですかっ」

信じられない、個人情報を勝手に覗き見るなんて。憤慨している私達をしり目に、ベテラン鑑定士はペラペラと個人情報をしゃべる。父が『ベテラン技術者』、母は『ベテラン主婦』、弟は『真面目な社畜』、そして私は『行きおくれ』。そして愛犬、花。

私の『行きおくれ』が出た瞬間に嘲笑されて腹が立ち、目の前のベテラン鑑定士の鼻に私の拳がうなりを上げた。慌てて晃太が止めに入らなければ、小バカにしたあいつの鼻が左に向いたのに、惜しい。その間に鑑定結果がさらされてしまう。

水澤優衣　レベル8　三十歳　人族　行きおくれ
【スキル】自己鑑定（A）　アイテムボックス（C　時間停止）
【固有スキル】ルーム（1／100）

水澤晃太　人族　レベル7　二十八歳　人族　真面目な社畜
【スキル】自己鑑定（A）　アイテムボックス（SSS　時間停止）
水澤龍太　人族　レベル18　六十八歳　人族　ベテラン技術者
【スキル】鑑定（SSS）　アイテムボックス（A　時間停止）

水澤景子　レベル14　六十二歳　人族　ベテラン主婦
【スキル】自己鑑定（A）　アイテムボックス（S　時間停止）　生活魔法（浄化　着火　消火　灯火　消灯　消音　剥離（はくり）　研磨　分離　撹拌（かくはん）　粉砕　抽出）

「おおっ、巻き込まれでも素晴らしいっ。鑑定SSSにアイテムボックスがSSSとはっ」

数人が目の色を変える、私達は危機感を覚えて更に身を寄せ合う。

その後わらわらと人が集まってきた、値踏みするような目を向けられて、いい気分はしない。

さっさと出ようこんな国、と思った。でも、右も左も分からない異世界。さあ、どうしたものか。

いや、そうじゃない。

「明日から連勤なんだけど」

「そうや、明日は早いんよ」

「沖縄のホテルの仕事を仕上げんといかん」

「明日、分別ごみの当番」

「早く、家に帰してもらえませんか？」

私、晃太、父、花を抱えた母が、召喚担当者と思しき人に詰め寄る。

「いや、ちょっとそれは……」

私が睨むと、召喚担当者は、ひっと声を上げる。

そこに現れたのは、金髪碧眼(へきがん)の王子様みたいな若い男性。あ、なんかやな感じ。

「『聖女』は誰だ？」

「あ、私でぇす」

華憐が嬉々として手を上げる。

「なんと美しい方だ。さあ、早速こちらへ。ん、他はなんだ？」

召喚担当者が、そそくさと寄っていき、説明。

王子様らしき人は私達にゴミを見るような目を向け、後ろにいた壮年の男性に「なんとかしておけ」みたいなことを言って、華憐家族を引き連れて去っていった。イラッ。

で、私達は別室に案内される。私達はひしと寄り添い合い、移動する。抵抗したところで向こうに勝てないからだ。数人の鎧(よろい)を着た騎士達に囲まれてる。腰に下がった剣は飾りではないだろうし。

「どうぞお座りください」

丁寧に着席を促(うなが)してくれたのは、王子様らしき人に指示された壮年男性。薄い色合いの長い金髪を一つに纏(まと)め、すらっとしたスタイルで外国の大手企業のイケメンおじ様重役みたいな感じだ。

「私はこの国で内閣副大臣を務めています、ヒュルト・リン・ディレナスと申します。この度は大変なご迷惑をおかけしました」

先ほどのベテラン鑑定士にはない礼儀を感じる。

「現状の説明をさせていただいてもよろしいでしょうか？」

内閣副大臣ヒュルトさん曰(いわ)く『聖女召喚』に私達は巻き込まれたのだろうとのこと。どうやらこの『聖女召喚』は、あの金髪碧眼王子様が独断で行ったようで、周囲はかなり反対していたそうだ。

ここはディレナスという国で、香辛料や薬草栽培などで豊か。周辺諸国とも同盟を結んでおり、わざわざ『聖女召喚』をして国力を強化する必要なんてないらしい。

「あの、この国の説明は、いらないので、戻してもらえません?」

「そのことですが……」

結局、無理らしい。

「それって無責任じゃないですか?」

私がギリギリと睨む。

「もちろん、生活の保障はします」

「それは税金ですか?」

父が尋ねる。ヒュルトさんは驚いたような顔をする。

「まあ、そうなりますが」

それはさすがに受け取れない。

そこに役人っぽい人がやってきて、ヒュルトさんに耳打ちをした。ため息をつくヒュルトさん。

「申し訳ありません。明日、改めて話の場を設けさせてください。本日は客間を用意しますので、そちらでお休みください。皆さんの身の安全は、私、内閣副大臣ヒュルト・リン・ディレナスが保証します。そして先ほど勝手に鑑定した内容は外部に漏れないように手配いたしますので」

どうやって秘匿するんだろうと思ったけど、魔法でどうにかできるらしい。私達のスキル情報だけに限定し、制約魔法をあの場にいた全員にかけるそうだ。なんだか、大事のような気が。

忙しいのか、ヒュルトさんはそれだけ言ってあわただしく退室していった。

そして、案内されたのは、ヨーロッパの宮殿みたいな客間。私と母、晃太と父で分かれて使えるよう二部屋用意されたが、離れるのが怖かった私達は一部屋で過ごすことに。

「これからどうなるんやろうね」

母が不安そうに膝の上の花を撫でる。花は先ほどまで興奮し、部屋中のにおいを嗅ぎ回っていたが、やっと落ち着いた。メイドさんがお茶、たぶん紅茶を出してくれたが、飲む気がしない。

「あのヒュルトさんがまともであることを願うしかないけど」

私はため息をつく。

「わい、嫌な予感がするんよね。あの鑑定とかアイテムボックスとかが出てきた時の反応を見た？なんや、それだけのためにわいや親父を引き入れようとせんね？」

晃太が花のぽちゃぽちゃのお尻を撫でながら言う。

「確かに、そうかもしれんね。よくわからんけどSSSなんてついてるから、最上位の能力かもしれんし」

「その鑑定とかアイテムボックスとか、こっちではどんな作用があるん？」

私はライトノベルの知識をフル活用して、両親に説明。鑑定は文字どおり鑑定能力だろうし、アイテムボックスは某有名アニメの猫型ロボットのおなかについているポケットと説明する。

「お父さん、この紅茶、試しに鑑定してみて」

「どうすればよかと？」

「べたに、頭の中で鑑定って言ってみたら？　もちろん、この紅茶の内容を知りたいって思いながらね」

「わかった」

父が老眼の目を細めて、紅茶を凝視する。

「ディレナス王国北の薬草園産高級茶葉と疲労回復効果のあるローズヒップとのブレンドティやな。飲んでも害にはならんよ」

そう父が言うので、安心して紅茶を口に含んだ。フルーティな香りがする。そこでやっと喉が渇いていたことに気づいた。

その後、すったもんだしながら、ゲームの定番ステータス画面が出ないかと模索していたら、普通に出た。ただし、当人にしか見えないけどね。こういったものに縁がない母は、へー、と繰り返している。

「ねえ、お父さん、私にある、この固有スキル『ルーム』っての見てくれん？　ちょっとわからんし」

「わかった。ええっとな」

部屋に備え付けられていた紙に、万年筆ですらすらと説明を書いてくれる。


『固有スキル　ルーム』

時空神（じくうしん）からの気まぐれギフト。魔力の消費はない。亜空間に繋がっている。使用の際は「ルーム」と唱えること。スキル保持者の望む入口が現れる。ルームの中は外界から一切の影響を受けない。時間停止ではない。スキル保持者にしか開閉できない。生物の収納可能。スキル保持者がルームに生物を入れて移動することが可能。移動時の振動はルーム内には伝わらない。ただし、スキル保持者がルームにいると移動は不可。

ルームを使用すればスキルレベルが上がり可能性が広がるが、どのようになるかはスキル保持者次第。スキル保持者自身のレベルアップにも、影響を受ける。成長が未知なスキル。

ルームは、更に別の亜空間にも繋がっている。これは選択式でスキル保持者の魔力を消費するので、使用の際に注意が必要。こちらもルームのレベルやスキル保持者のレベルに影響を受ける。

「なんこれ？」

晃太が首を傾げているが、私は気になる点があった。文言の中にある、ルーム内に生物を入れての移動は可能というものだ。これはきっと役立つ。あの華憐がいるのだ、絶対になにかやらかして、こちらが迷惑を被る気がする。

「ねえ、この『ルーム』なんやけど」

「優衣、ちょっと待った」

制したのは父だ。

「部屋の前に待機している人達が、聞き耳立てとる」

と小声で言い、紙に筆談、と書く。

やっぱり監視されていたか。いややな。でも、仕方ないことかもしれない。

私達は、筆談で今後のことを話し合う。とにかく思いつく限りのことを。

その後、メイドさんが食事を運んできてくれた。筆談に使った紙は、さっそく晃太のアイテムボックスに入れてみる。まるで神隠しにあったようになくなった。

「どうやったん？」

母が興味深そうに聞く。

「入れるって思ったら、入ったよ。そう、難しくないみたいや。あと、出す時は、普通に出す」

晃太が紙を摘まみ上げるような仕草をすると、さっきの紙が出てくる。

「へー」

「おふくろもあるんや、せっかくやし練習せんね」

「そうやね。便利やし」

紙は再び晃太のアイテムボックスに入れられた。

その後、メイドさんが運んでくれた食事を父に鑑定してもらい、安全を確認してから食べた。問題は花の食事だ。母が食事に添えられたこふき芋をフォークで潰し、ほんの少し野菜スープをかけ、鶏肉の脂身の少ないところをほぐして振りかけた。ばくばくと食べる花の姿を見て、ほっとする。

いつの間にか夜になっていたので、客間の二つのベッドに横になる。大きなサイズでよかった。

私は母と花、晃太は父と眠った。

不安がぬぐえない異世界初日はこうして過ぎていった。

次の日。

ヒュルトさんと前日話した部屋に案内される。ヒュルトさんが来るまでの間に、別の人にいろいろ聞かれた。主に華憐達との関係だ。

私達の主張は一つ。華憐達には迷惑しかかけられていない、まったくの赤の他人だ、と。

聞いてきた人は首を傾げていたが、私が今までかけられた迷惑の一例を話すと、顔が青ざめた。

「聖女様は結婚されていたのですか？」

「そちらの鑑定士に見てもらったらどうです？」

いくらなんでもベラベラ話せないので、昨日のあの鑑定士に丸投げし、すでに離婚していることなんかは伏せた。話を聞いてきた人は、ぶつぶつ口の中で呟くと、会釈（えしゃく）して退室した。入れ替わるように来たのはヒュルトさんだ。

「お待たせしました。昨日は眠れましたか？」

あんまり眠れていない。

「早速ですが、今後の皆さんの生活についてです。この城の客間を使用し続けてもらって構いません。生活のすべて、こちらが責任を持ちます」

「でもそれはこの国の人達が納めた税金ですよね？」

昨日の紅茶、夕食、今日の朝食、配膳したメイドさんの人件費もろもろ。

「そんなお金で生活の保障なんて受けられません。なので、私達でもできる仕事を斡旋（あっせん）してください」

　父が昨日家族で話し合ったことを切り出す。

「あと、私達の稼ぎで借りられそうな家を紹介してください。この子も、花も一緒に住める家を」

　母が花を抱き締めながら言う。花がいるのだ、できれば走り回れる庭付きの家がいい。

「しばらく生活できるお金を貸してください。返済無期限、利子なしで」

　晃太も言う。

「あとは、こちらの世界の常識を教えてください。基本的にしてはいけないことを教えていただけたらいいです。こちらが希望していない情報はいりませんので、こちらの問いに答えてくれる人を手配してください」

　私は昨日、思い付いたことを伝える。変な知識はいらない。最低限の知識が欲しい。

　ヒュルトさんは驚いた顔をしたが、すぐに返事をする。

「手配しましょう。ただ、しばらくの間、生活費は受け取ってください。これは慰謝料だと思ってください。王子の衣装代から引きますからお気になさらず。家は心当たりがあります、治安のいい地域ですので、そちらをお使いください、もし、気に入らないようでしたら、別の家を探します」

　慰謝料なら、受け取るか。私達は頷き合った。

　その後、ローブを着た人が来て、スキルの説明をしてくれた。

　まあ、ファンタジーによくある鑑定やアイテムボックスは分かるが、私の『ルーム』だけはその人も分からないらしい。

「よく分からないなら、安易に使いません」

「その方がよろしいかと。お父上の鑑定ランクが『ＳＳＳ』ですので、それを活用して調べてみてもいいかもしれません。あと、できればどんなスキルか教えていただけると……」

「分かれば」

そう答えたが、私は変な直感が働いていた。やっぱりこのスキル『ルーム』が家族を救うのではないか、と。あの金髪碧眼王子様は信用ゼロだし、なんかこの国、嫌な予感がしてならない。ヒュルトさんはまともに感じるが、なんとかして自活する目処を立てなくては。異世界で生き残るために、家族と愛犬を守るために、誰も見たことがない『ルーム』というスキルを使いこなしながら。


ヒュルトさんの用意してくれた、私達にとってはお屋敷のように大きな家に移って一ヶ月。異世界生活にも少しずつ慣れ、やっと一息つけるようになった。

周囲に人がいないか父の鑑定で調べてもらって、『ルーム』を初めて使用してからも一ヶ月経った。『ルーム』を使って、まず現れたのはドア。なぜか、実家の玄関ドア。

このドアは私でないと、開け閉めできない。慎重に開けると、狭いフローリングの部屋に、白い壁、白い天井、小さな窓があった。はじめは感動した、本当にルームだ。ただし狭い。

試しに、ルーム内にカップを置いてドアを閉めて移動したが、カップは無事。ドアを閉めると玄関ドア自体も消えてしまい、再び「ルーム」と唱えないと出てこない。開けっ放しにしてみたが、三分しか持たず、勝手に閉まって勝手に消えた。

そしてドアを閉めたルーム内でどんなに大声を出しても外には聞こえない。
その後、父の鑑定で何度も安全確認をし、晃太に入ってもらって移動した。中の晃太には振動は伝わらないし、移動先でドアを開けたが、晃太に異常はなかった。
それから離れた場所でも使えるかだが、これには縛りがあった。離れた場所の場合、必ず私の目視範囲内でないとドアが現れない、目視できる場所なら、ドアを出現させる地点をしっかり決めて、「ルーム」と唱えながら開ける動作をすれば、ドアが出現し開く。試しに隣の部屋で壁越しにやってみたが、何度やってもダメだった。ただし、ドアを閉めるのだけは頭の中で念じたらできた。まあ、三分しか持たないから、放っとけば勝手に閉まるけどね。
何度もこれを繰り返し、ドアを開けたり閉めたり、入ったり出たりを繰り返していると、数日でレベルが上がった。レベルが上がっても特に目に見える変化はないけれど、もっとレベルを上げれば使い勝手がよくなるかもしれない。最初の数日は『ルーム』検証に費やした。

【スキル　ルーム　レベル5にアップしました】

てってれってーと安っぽい音楽が流れる。

【HP1000追加　レベルアップに伴い　ボーナスポイント5000追加されます】

あ、頭の中で流れるナレーションがいつもと違う内容だ。ま、いっか。ポイントが増えるならいいことだよね。

【ルームレベル5になったため、四畳半から六畳に拡大します。HP（部屋ポイント）でオプションを追加できます】


「あ、なんかいろいろできそうやん」

このスキルアップの説明、日本語表記だったり、アルファベット表記だったりごちゃごちゃなんだよね。HP（部屋ポイント）か。なんのポイントか分からなかったけど、活用できそう。

「姉ちゃん、どうやった？」

晃太が花を抱っこしながら聞いてくる。

花が蜆（しじみ）みたいなつぶらな目で見てくるので、チュッとキスすると、ペロッとお返ししてくれる。

「なんか、HP……部屋ポイントでオプションが追加できるって。あと、六畳に広がったみたい」

「へえ。でも変なポイントやね。普通HPなんてゲームなら生命力なのに、部屋ポイントやし」

「まあ、よかたい。広がったみたいやし、ちょっと確認しとこうかね」

「そやな」

私はスキルを発動した。手をかざすと、実家の玄関のドアが出てくる。これで色が茶色でなければ、某有名なアニメのあれなんだろうね。

ドアを開けて中を覗く。

「おお、広うなっとるね」

ルームの中は、四畳半から六畳に広がっていた。天井も少し高くなっている。

白い壁、茶色のフローリング。窓もある。A３サイズだけどね。

花のおもちゃやトイレシート、花用のクッションを置いていたが、四畳半の時の位置のままだ。

ルームの中に入り晃太が花を下ろすと、真っ先に花はおもちゃ箱に頭を突っ込む。お気に入りのおもちゃを探しているようだ。まあ、しばらくはおもちゃに夢中になってるはず。

私はドアの左の壁にある液晶画面を見る。

レベル　５
ＨＰ　１９８８４
残金　８５３０
ルーム・スキル　パッシブ　換気
　　　　　　　　アクティブ　清掃（ゴミ破棄）
異世間への扉　・ディレックス
　　　　　　　・手芸ショップ　ぺんたごん

「オプションって、どうやるん？」

「さあ？」

晃太に聞かれるも、私にも分からない。

「親父に鑑定してもらう？」

父の鑑定はとにかく便利。知りたいと思うものを鑑定すると、知りたいことだけ教えてくれる。

この『ルーム』のことも、父の鑑定で詳しく分かったからありがたかった。

「そうやね」

答えながら、液晶画面のＨＰの部分に触れると、項目が増えた。

オプション
　コンセント　５００
　窓　拡大　２０００
　照明（裸電球）　１０００
　照明（ＬＥＤ）　３０００
　トイレ（ボットン）　４５００
　トイレ（水洗）　１２０００
　洗面所（小）　５０００

「あ、出た」

「ほんとや」

私と晃太が項目をチェック。

「水洗トイレは外せんな」

晃太が言う。

「そうやね。これからのことを考えると」

私達家族は今いる国から出ることを考えている。この一ヶ月で、この国と周辺諸国の状況を、教えてもらった。ここは異世界、やはり地球とは違う人種の人もいる。肌の色、目の色も様々だけど、ファンタジー定番のエルフやドワーフ、獣人、魔族と呼ばれる人達もいるのだ。ここディレナスから西側は、私達のような人族と呼ばれる人がほぼ占めているが。

一度見てしまった、鎖に繋がれ、裸足(はだし)で歩く、獣人の人達を。まだ幼い子供まで繋がれて。彼らは罪を犯した犯罪奴隷。奴隷なんて言葉、歴史の教科書くらいでしか見たことないのに。しかも彼らは、直接罪を犯したわけではない。家族の誰かが犯罪奴隷になったので、犯罪予備軍として拘束されているらしい。犯罪も様々だ。もちろん重罪もあるが、人族が多いこの国では、その他少数種族は、ちょっとしたことでもすぐに重犯罪奴隷となってしまう。それを知った瞬間、この国の考えと、まったく合わないと感じた。ヒュルトさんはこの意識を改善するために何十年も前から取り組んでいるそうだ。だけど、長年の意識ってそう簡単に変わらないから難航しているみたい。

助けてあげたい。あの、小さなうさ耳の女の子にサイズが合わなくても私の靴を履かせたい。ケガをしている、あの男性の傷を綺麗にして、薬を塗りたい。でも、私にはなんの権限もない、まったくの役立たず。これで、もし『聖女』とかの称号があれば、それを振りかざして待遇改善を叫べたかもしれないが、私にあるのは『行きおくれ』という役に立たない称号のみ。

こうした意識の違いだけではない。この国を離れたい最大の理由は、華憐家族がなにかしらやかして、それをうちに擦(なす)り付けないか心配だからだ。

国の重鎮は、やはり『聖女』である華憐の味方をするだろう。そうすれば私達に身を守るすべはない。どうにかして、ディレナスと関わりが薄く、追手が来ず、人種差別が酷くない国に逃げ出そうと思っている。そのために晃太が、毎日周辺諸国の勉強をしている。教えてくれるのは、はじめは護衛の騎士さんだったが、現在は専門の教師に代わっている。どうやら、晃太が求める情報は、専門家クラスでないと答えられないらしい。専門教師は、それは熱心に指導してくれている。晃太は優秀な生徒と思われたみたい。

来る日の脱出のために、『ルーム』の検証も続けている。

このルームは私が移動すると、一緒に移動する。ただ、必ず私が移動しないといけないから、私がルームに入ってしまうと動けない。だから、母や父、花にはルームにいてもらって、私が旅をするのが一番安全な案だった。私達は日本人で黒髪、黒目。こちらでも決して珍しくないが、私達は監視されている感がある。それに、花の存在は特に目立つ。この世界にも、犬がいないわけではないが、大型種がほとんどらしい。小型犬もいるが、稀少で、基本的にお貴族のペットとのこと。

この世界には車なんてない。移動は馬車だ。乗り合い馬車。そうなると、長距離の移動で絶対に外せないのはトイレだ。

「まず、水洗トイレっと」

液晶画面に触れる。

トイレ（水洗）　12000
よろしいですか？　YES　NO

私はYESに触れる。

ぽよん、と音がして、部屋の奥に新たな茶色のドアが出現。

「ワンワンワンワンッ」

音と突然現れたドアに花が吠える。

「花、トイレのドアたい」

デレデレとしながら晃太が吠える花を抱っこしようとするが、捕まらない。ゴボウみたいな尻尾を振って走り回る。多分、遊んでもらえているって思っているんだね。晃太が追いかけるのをやめると、ピタッと伏せて待ち、晃太が手を出す仕草をすると、また尻尾を振って走り回る。

かわいいなあ、花はこの世界の天使や。もう、かわいい。かわいい。

私も加わって走り回る。本気で捕まえる気はないけどね。

「花ちゃん、花ちゃん、待てぇぇぇ」

でへへ、と私と晃太が六畳のフローリングを動き回る。

「捕まえたぁ」

晃太が花を優しく抱っこし、深い茶色の毛並みに頬擦りする。私も頬擦り。ああ、かわいかあ、かわいかぁ。花はへっへっと舌を出し、尻尾をぶんぶん、晃太の顎をペロペロ。

『優衣、晃太、花ー、花ちゃーん』

窓から声が聞こえる。母の声だ。この窓、外の様子が分かる。ルームに人を入れて私が移動すると、外の景色は私の視線の先が映される。そして声も聞こえる。逆にルームの音は漏れない。仕組みが分からない。父が鑑定したが、『時空神からの気まぐれスキルのため、これ以上の鑑定は不可能』だったので、深く考えないようにした。

ドアを開ける。部屋の外には、驚いた顔の母と父。

ルームは使用中に私が中にいると、完全に外からは分からなくなる。

「なんね、ルームにおったね」

驚いた顔の母。私の足の間から、花がすり抜けるように出ていき、母の足に体を擦り寄せる。

「花、お花、お母さん帰ってきたよ。なんね、ちょっと買い物してきただけやん」

花はお腹を出して、尻尾でパタパタ床を叩く。母は満面の笑みで撫でる。花は次に父に撫でられに行く。家庭内序列よ、序列。

「お母さん、ちょっと来て」

父と、花を抱き上げた母を、ルームに入れる。

「あ、広くなっとる」

母が再び驚く。

「レベルが上がってオプションが追加できるようになってね。勝手やけど、水洗トイレだけは付けたんよ」

水洗トイレのドアを開け、そっと覗くと、普通のトイレだった。

「これで、ようやく移動できるね。さ、作戦会議や」

花のクッションやトイレシートの位置を整える。晃太がアイテムボックスから折り畳みのテーブルを出して部屋の中央に置き、隅に置いていた座布団を並べる。

花はおもちゃの骨を咥えて遊んでいる。

一応、私達全員アイテムボックスを使えるが、晃太のものが最大容量だ。さりげなく、お城勤めしないかと打診を受けたそうだが、すっぱり断っている。なんでも、晃太のアイテムボックスＳＳＳは数百年前の勇者が持っていたのが最後で、それ以降は確認されていないらしい。ちなみにＥ～Ｃのクラスは珍しくない。時間停止があればレア度が増す。Ｂクラス以上になると、一気に保持者が少なくなり、城勤めも有利になるし、商会などでは重宝されるそうだ。晃太の『ＳＳＳ　時間停止』が出た時は、みんな目が飛び出すかと思うほど驚いていた。

「では、まず、必要なものは？」

私が議長です。ルームの保持者ですからね。

「まず、先立つものやない？　あのヒュルトさんからもらった金は、いくら慰謝料って言われても使えんばい」

晃太が最初の意見を出す。ヒュルトさんはこの国のなんとか副大臣で、今、私達が住む家を手配してくれて、王子の衣装代から出したというお金を渡してくれた。今住んでいる家はヒュルトさんの持つ不動産の一つで、私達は働いて家賃を払うつもりだったが、向こうに受け取る意思はなかった。なんでも、あの金髪王子が、こそこそ動いていたのは、なんとなく察していたが、甘く見て、こんなことになったから申し訳ないと。ヒュルトさんが責任を感じることではない気がするんだけどね。私達も厚意に甘えていられないので、働き口を見つけて自活できるようになったら、すぐに出ていくと伝えている。

そのヒュルトさんが慰謝料(いしゃりょう)としてくれたのは、金貨百枚。百万G(ゴールド)だ。ちなみにここは王都で、四人家族で家(ここよりぐっとグレード下げた)を借り、一ヶ月生活するのに必要な費用は、大体十六万から十八万G(ゴールド)。

「元はこの国の人が働いて納めた税金や、使えんばい」

「その点は大丈夫や」

父の言葉に、全員が視線を向ける。

「カセットコンロが特許取れたんよ。それを売れば少なくとも一千万以上にはなるって」

だてに業務用台所製品の設計図を四十年も描いてないね。

こちらに召喚されて一週間後、私と父は紹介された職場に就職。父は日本で得た知識を買われ、こちらでは魔道具と呼ばれる電化製品のようなものの開発機関に勤めている。私は治療院――こちらで言う病院に就職。母は花を置いてきぼりにできないし、家事もあるからと今までどおり主婦として、私達の生活を支えてくれている。アイテムボックスがＳＳＳの晃太は城から何度もお誘いがあったが、向こうに取り込まれて逃げ出せなくなる可能性があるので、断固拒否。周辺諸国の勉強に専念している。

「なら、金銭面は大丈夫かね。売ったらすぐにお金もらえるん？」

「そんな大金が入ることになったら、怪しまれんね？」

晃太の言葉に母から待ったがかかる。

「大丈夫やない。家を買って家財道具一式揃えんといかんから、それを買うって言えば」

私が言うと、なるほど、と頷く三人。

「あんた、こういうことには頭回るね」

母が感心したように言う。

「余計なお世話たい。で、お父さん、すぐにもらえるん？」

「すぐやないみたい。手続きとかで少なくとも二週間はかかるらしい」

「そう、とにかく特許権についてはお父さん頼むね。では、次はなにが必要かね？」

「移動の時のことかね？　花はルームに入れて移動せんと目立つけん、誰かルームん中におらんと花がかわいそうや。あと、ここは日本やないんや、あんた一人で移動させるのは怖いけん、お父さんか晃太が一緒やないと」

母が、深い茶色のわがままボディを撫でる。そう、花はちょっとぽっちゃりなのだ。はい、飼い主の責任です。だけど、花は最近は体重も多少は減っているはず、母が毎日特製ダイエットメニューを作っているから。

「お母さんはルームにおって。馬車の揺れは膝と腰に来るけんね。そうやね、晃太、一緒に移動して。お父さんもルームね。人数は少ない方が目立たんし。行き先はユリアレーナでよかかね？」

ユリアレーナ。ここディレナスの東にある大きな国。ディレナスとはマーランという国を挟んでいるが、これといって仲良くもなく、悪くもなく、マーランを挟んでのお付き合い程度しかない。

ただ、私達が求めている国の条件を最も満たし、移動距離が現実的だったのが、このユリアレーナだった。もし、このユリアレーナが無理そうなら、ユリアレーナの東南に接する、ドワーフの王様が治めるシーラを考えている。ただ、シーラは距離がありすぎる。下手したら年単位の移動になる。そうなると、還暦超えの両親にはきついはず。

「よかよ」

晃太は軽く言う、多分こうなるって分かっていたと思う。うちの母は膝と腰があまりよくない、父も膝が痛いようで日本にいた頃から軟膏(なんこう)を塗っている。ルームは振動が伝わらないからね。

「あとはなにかあるかね？」

「最大の問題があるやん。ディードリアンさん。あの人からどうやって逃れるかやね」

父の言葉で思い出す。ディードリアンさんは私達の護衛兼必要な知識の提供役兼見張りの騎士さんだ。三十歳過ぎの、どこぞの大国の映画に出てきそうなイケメンさんだが、真面目に私達を見張っている。悪い人ではないと思うけどね、花のこともたまにこっそり撫でているから。

「確かに。あの人をどうにかせんとね」

おそらく、この国は私達の存在を隠したいんだと思う。私達の存在がバレれば、当然『聖女召喚』についても明らかになるから。とはいえ、周辺国にはいずれ『聖女召喚』は知られるだろう。その際に軍事力強化のために呼んだと思われないよう、華憐が慈愛溢れる聖女に見えるよう、指導しているらしい。はっ、て感じだ。どうせ上手く行きっこない。ワガママで飽き性で面倒なことからすぐ逃げて、自分ではなんにもしないくせに人のせいにする。しかも、自分で考えない、人の言うことは聞かない、質問するくせになにもしない、言い訳ばかり。そんな華憐が『聖女』教育に耐えられるわけがない。華憐家族はみんなそんな感じだ。きっと大変だろうな、教育担当の人。お気の毒。

あ、そうそうディードリアンさん。どうしたものか？

「そういえば今日は来とらんね」

私達が市場に食料品を買いに行く時や外出する時、必ず騎士と分からないように軽装で付いてくるのに。腰に剣をぶら下げて。多分、わかる人はわかると思うけどね。なのに、今日は初めて見る人を連れてきた。若い女性騎士だ。スタイル抜群で美人さんだった。今日は母と父がその美人さんと市場に食料品を買いに行っていた。もちろん父の鑑定ＳＳＳを使いながらだ。だって異世界だし、私達日本人が食べても大丈夫か分からないしね。今のところ変な食料品はない。本当にこの鑑定って便利。一番新鮮で美味しいのって念じると、父にはそれが光って見えるらしい。

「なんかね、ディードリアンさん、お城に呼ばれてるって」

え？　なんかやな予感。晃太もそう思ったみたいで、口をへの字にしている。

「華憐、関係かね？」

「さあ、どうやろう」

母も、うーん、な顔だ。

「とにかく、ディードリアンさんについてはちょっと様子を窺うしかなくない？　必ず機会があると思うんよね。まずは先立つものの確保や、それがないと動けんしね」

私の締めの言葉でそうやな、とまとまった。

それからＨＰ（部屋ポイント）をどう使うか話し合い、結局、コンセントと洗面所（小）をつけることになった。

私は壁に付いている液晶を取り、テーブルにのせる。タブレットみたいだ。私にしか取り外せない。花が興味津々でテーブルに前脚をかけるが、母が優しく膝に抱っこする。ペロペロ。

オプション　コンセント
よろしいですか？　YES　NO

ＹＥＳに触れる。ぽんっと音がして、部屋の隅にお馴染みのコンセント。

「ワンワンワンワンッ」

「花、コンセントたい」

母がデレデレと花を撫でる。晃太も花を撫でる。

「次、行きまーす」

「どうぞー」

私が声をかけるが、デレデレの二人は興味なし。

オプション　洗面所（小）
よろしいですか？　ＹＥＳ　ＮＯ

ＹＥＳに触れる。ぽんっと音がして洗面所が現れる。

「ワンワンワンワンワンッ」

花が音に興奮している。良かった、ルームの音が外に漏れなくて。

「洗面所たい」

普通の洗面所だ。うん、独り暮らししている私の寮と同じサイズ。だけど、オプションの位置って指定できないんだね。

「水、出るんね？」

「どうやろ」

父に聞かれ、私は洗面所の蛇口を捻る。無事水が出た。

「あ、出た、良かった。水は大丈夫ね？」

「ええっと、某島国のＦ県の水。下水道もＦ県の下水道と繋がって安心。使用料は月末に残金から徴収」

父の鑑定発揮。F県って、まさかね。

「光熱費やね。少し残金補充しとく？　お母さーん」

「どうぞー」

「いや、お金ちょうだいよ」

我が家のお財布は母が握っている。父も私も晃太も持ってはいるが、お小遣い程度。日本なら困る金額だが、こちらではあまり使う機会がない。やはり日本の生活水準は高いから、なかなか欲しいと思えるものがないのだ。たまに屋台で買い食いするくらい。ここは、一昔前のヨーロッパ風だ。多分、この国の王都だし、最先端なんだろうけどね。

母から金貨を三枚もらって残金の文字に触れると、かわいい鯰型（なまずがた）の黒いがま口が現れて、ぱかりと、口が開く。中は真っ暗だ、底がない。私は金貨を入れる。少し待つと口が閉まって消える。私は液晶画面を確認。

レベル　5
HP　2384
残金　38530
ルーム・スキル　パッシブ　換気　電気　上水道　下水道
アクティブ　清掃（ゴミ破棄　トイレ清掃）

異世界への扉　・ディレックス
　　　　　　　・手芸ショップ　ぺんたごん

オプションを増やしたからか、『ルーム』のスキルが増えている。まあ、使用するから、光熱費がかかって当然かな。電気が使えるならいろいろできそう。そう、電子レンジに炊飯器に冷蔵庫。レンジがあれば冷凍食品なんかもいけるね。

「優衣、ぺんたごんでミシン買えるかね？」

　母が花を晃太に渡して聞いてくる。ぺんたごんは実家の近くにあった手芸屋さんだ。同じくディレックスも実家近くのスーパー。『異世界への扉』というスキルでそのお店に買い物に行けるのは検証済。といっても店員さんも他のお客さんも誰もいない不思議空間なんだけど。

「確かあったけど、どうするん？」

「移動するなら、旅の人が着とる、ほら、あれ、あれたい」

「マント？」

「そうそれ。日本の上着は目立つけんね。それっぽく作ろうと思って」

「できるん？」

「できるよ」

　軽く言う母。

「ここのマントをばらして型紙を作れば」

「さすが」

そう、母は洋裁が得意。内職でポーチを作ったり、学生服の裾あげをしたり。プロなのです。小さい頃は母が作った服を姉弟揃ってよく着ていた。

「ミシン、結構いい額よ。種類もなかったし」

「仕方なかよ。縫えればいい」

「じゃあ。今からぺんたごんに」

そんな話をしていると、花が急にそわそわし始める。晃太が床に下ろすと、ドアの前で尻尾を振りながら吠えた。

「クンクン、ワンッ」

「どうしたん、花?」

「クンクン、ワンッ」

あ、もしかしたら。

「あ、誰か来たんやない? ディードリアンさんかもしれん。ルームから出よう」

母の号令で、私はルームのドアを開ける。花が飛び出し、母が続く。私は液晶画面を壁に戻して、最後にルームを出た。ルームを閉じると、私達が借りている家のドアノッカーが鳴る。

「はい」

母が声をかける。

「ディードリアンです。申し訳ありません、少し報告がありまして」

母がドアを開けると、花がちょろっと出る。ドアの向こうには、映画に出てきそうなイケメン騎士のディードリアンさん。うーん、私が好きな俳優さんの若い頃って感じ。

「クンクンクンクン」

花がお尻を下げて尻尾を振りながら、興奮した様子でディードリアンさんの足下を回り、お腹を出して尻尾をパタパタ。

「あ、今日は市場に同行できず、申し訳ありません」

「大丈夫ですよ」

「クンクン」

花が自己主張。母が目で、どうぞと促す。ディードリアンさんがお腹を出した花を触ると、パタパタが激しくなり、撫でていた手をはみはみ甘噛み。

花が落ち着いたところで、ディードリアンさんが言いにくそうに報告を始める。

「今日、城に呼ばれまして。その『聖女』様が……」

あ、やっぱり、嫌な予感的中だよ。私は花を抱き上げた母と立ち位置を変わる。

「あのディードリアンさん、最初に言いましたけど、私達はもう華憐達とは関わりを持たないって」

「そうですよね……」

ディードリアンさんのイケメンな顔に疲労が浮かぶ。

「一応聞きますが、なんのワガママを言ってるんですか？」

「城の料理に飽きたから、母君になにか作ってほしいと。確かハンバーガーとか、カレーとか」

「はあぁぁぁぁ、あいつ、そんなこと言っているんですか？　作ってもらっているくせに」

　私は呆れた声を出す。お城の料理人さんに失礼だと思わないんかね。だが、いいところに目をつけている。うちの母の料理は、美味しいんだ。学生時代、よくお弁当のおかずを無心された。けど、華憐のワガママに母を貸し出すわけがない。

「でも、このまま手ぶらで帰ったらディードリアンさんが怒られますね。あ、そういえば、華憐はSNSで料理作りました、みたいな写真をアップしていたはず」

「え、えすえ？」

「SNSです。まあ、広告みたいな感じで、華憐は自分で料理したって自慢していたんです。だから、そんなに食べたいなら自分で作れって言ってください。母は絶対貸し出ししませんから」

　私はSNSはしていないが、華憐関連で被害を受けた人がイライラしながら話していたのだ。彼女は付き合っていた相手を華憐に取られたらしい。寝とられだ。当然破局したが、その彼氏も二ヶ月も経たずに華憐に捨てられた。彼女は元気かな？　あの頃は彼女も精神的に不安定だったけど、その後出会った人と最近無事ゴールインした。

「分かりました。そのように。では、明日、治療院には私がお供しますので」

「お願いします」

　母が、白いハンカチに包まれたものを差し出した。多分、中身はわっぱのお弁当箱だ。

「ディードリアンさん、これ、娘さんと食べてください」

「いや、いただけません。この前もいただいたのに」

首を横に振るディードリアンさんには、娘さんが二人いる。十一歳と七歳らしい。奥さんは二年前の出産時に亡くなり、赤ちゃんも助からず、それからは父子家庭。この世界の医療水準は低い。魔法やポーションに頼る傾向が強いためだ。家ではその幼い二人の娘さんが協力して家事をしていると聞いて、母が感動。

「そんな小さいのに、家事をして家を守っているんね。あんたよりすごか」

私は家事は苦手だ、自覚があるので反論しない。母はそれからちょこちょこお惣菜を作っては、ディードリアンさんに渡している。

「いいからいいから、娘さん待ってますよ。今日中に食べてくださいね」

標準語で母は強引に押し付ける。

「あ、ありがとうございます。娘達も喜びます」

うん、喜んでもらえるとこちらも嬉しいね。

深く礼をして、ディードリアンさんは帰っていった。

「今日の中身はなんなん？」

「茄子(なす)と豚肉の味噌炒めと卵焼き」

「うちらの夕飯も味噌炒め？」

「そうよ」

よし、やった、あれ、美味しいんだよね。

私達が借りている一軒家はかなり広い。きっと高級住宅だろう。こちらでは魔道具と呼ばれている、所謂（いわゆる）日本におけるコンロ、オーブンもある。また、部屋のあちこちにはランプのような灯りの道具、主寝室と居間には床に置くタイプの冷暖房設備。まあ、デカイけどね。正規のルートで借りたら一ヶ月でいくらなんだろう？　今は春先でまだ寒いから冷暖房設備を使わせてもらっている。

食後、片付けて、私はポケットの懐中時計を確認。十九時過ぎ。腕時計をする習慣はなく、いつも携帯で時間を確認していた。でも、ここで携帯で時間を確認したらおかしいからね。この懐中時計はディレックスで購入した。こちらにも懐中時計はあるが、お値段が安くても二十万G（ゴールド）からなので、即あきらめた。

「お母さん、ぺんたごん、間に合わんばい」

「じゃあ、明日でいいよ」

足にすがりつく花を抱き上げる母。

「ディレックスに行くけど、なにかいる？」

「炊飯器があったら買ってきて。ビールもなかし、コーヒーのボトルと、トイレットペーパーと花のご飯。あと、魚が欲しいかね」

「了解」

ルームを開け、中に入る。念のため、母もルームに入った。花は、父と晃太とともに居間に。

「気をつけるんよ」

「分かっと」

心配する母。私は液晶画面の『異世界への扉　ディレックス』に触れ、お金が入った小銭入れを母から受け取る。

「時間前に帰るんよ」

「分かっとうって」

ルームの壁にもう一枚のドアが現れる。

「行ってくるね」

「時間、気をつけるんよ」

「分かっとうって」

母がルームの外に出るのを確認し、現れたドアノブに手をかける。これも父が鑑定済。


『異世界への扉』

ある世界の某島国にある店を模した異空間に繋がっている。使用するには、スキル『ルーム』の保持者の魔力が必要。品物の持ち出しは可能だが、相応の対価が必要になる。スキル保持者のレベルやルームのレベル次第で可能性は広がる。

ドアの向こうは、見慣れたスーパーの入口だ。

カートに買い物かごを載せる。少し高い位置に、タイマーのような文字が浮かんでいる。十二分五十二秒。残りの時間ね。この時間は私の残り魔力だ。

初めてディレックスに入った時、この時間内に買い物が終わらず、数秒オーバーした。荷物を持って外に出ると、強烈な疲労感と頭痛に襲われた。晃太に支えられて、なんとかルームを出て、ソファにダイブ。気持ち悪い気持ち悪い、乗り物酔いMAXみたいだ。

医者を呼ぶか判断するために、父が私をまず鑑定。その時の私は生命力（60／98）、魔力（0／85）だったと。父の鑑定SSSは、人の能力、ステータスを数字として見られるらしい。きっと魔力がなくなって、生命力に影響を及ぼしたんだろうなあ。

しかし、気持ち悪かったなあ。次からは残り時間を気にしながら動くようにしている。この時間は『ルーム』のレベルが上がるごとに一分ずつ増えている。

更に、ルーム内に誰かいる状態で、私が倒れたらどうなるか分からないので、ルームが無人なのを確認してから扉の向こうに行っている。

カートを押し、ディレックスの中に。

ディレックスは実家近くのスーパー。生鮮食品、医薬品、家電、酒、日用品、衣服、ペット用品など生活に必要なものがだいたい揃っている。いまだに日本の食生活から抜け出せない私達の強い味方だ。ただ、『ルーム』のレベルの影響か、在庫が少ない。種類も少ない。まるで閉店セール真っ只中みたいだ。

「少し増えてる」

まず、生鮮食品の種類が増えて、在庫も増えてる。はじめは人参一本、じゃがいも一袋、ちょっと古そうなキャベツ半玉、もやし一袋、しいたけ一袋だけだった。今回は種類が倍になっている。できればディレックスの食材だけで生活したいが、怪しまれてはいけないので、市場に母が買い物に行っている。

「まず、炊飯器と」

家電があるところに行き、たった一つある、五合炊きの炊飯器をかごに入れる。次に両親のビール。残念、父が好きなノンアルコールビールが半ダースしかない。母が愛飲しているビールもないから、前飲んでいたビールを半ダース入れる。コーヒーのペットボトルを入れる。花のご飯はやはりない。花は決まったドッグフードでないと、吐いてしまうことがある。なので、缶詰めのペットのご飯をできるだけ入れる。残り八分。私はちょっと急いで移動。乳製品コーナーの前で久しぶりにカフェオレを見つけ、全部入れる。全部といっても二本だけ。私と晃太が飲むためだ。野菜ジュースもあるだけ入れる。ぽつんとある鶏のモモ肉と豚バラを入れる。ハム一パックも。魚コーナーで三匹の鯵(あじ)と、一パックしかない切り身の鮭二切れ。あ、ムニエルのもともあるから入れる。最後にトイレットペーパーを持ち、レジへ。

「お会計」

そう言うと、無人のレジが値段を表示。一万六千八百五十G(ゴールド)。赤いがま口が出てくる。私はぱ

5 : 38

かっと開いたがま口の中に、金貨を二枚入れる。一旦がま口が閉まり、そして逆さまを向いたので、がま口の下に手を入れる。ぱかっとがま口が開いて銀貨三枚、銅貨一枚、鉄貨五枚が出てきたのを確認する。商品は勝手に袋に入っている。『異世界への扉』の中ではアイテムボックスが機能しないが、便利だ。私が「出ます」と言うと、ふわっと景色が歪んで、次の瞬間にはルームの中に移動していた。

がさがさと袋を下ろして、窓から外――居間を確認。家族と花しかいない。大丈夫みたい。

ルームのドアを開ける。

「あ、おかえり、大丈夫ね？」

母が聞いてくる。花が横になった状態で尻尾パタパタ。あ、もう、おねむの時間かな。

「うん、大丈夫。時間も延びたしね。はい、炊飯器」

「ああ、これで土鍋で炊かなくてすむ。優衣、ルーム開けて」

「はいはい」

ルームを開けると、母が炊飯器を持って入っていく。

私は台所に移動する。ビニール袋は晃太が、運んでくれた。

「ほら、カフェオレ」

「あ、飲んでよか？」

久しぶりのカフェオレの容器に、晃太はちょっと口を尖らせる。嬉しい時は口がなぜか尖る。ストローを差してあっという間に飲んでいる。私もつられて飲む。ああ、甘い。久しぶりだ。ここには、コーヒーがない。紅茶やハーブティはあるけどね。ちなみにビールもない。エールはあるが、圧倒的に日本製が美味しいらしい。私は飲まないけど。

「姉ちゃん、今度、ヨーグルトあったら買ってきてん」

「よかよ、無糖かね？」

「そう」

この『異世界への扉』に私達の生活は支えられている。まだまだ品数は少ないが、とにかくありがたい。これがなければ、この国を出るなんて無理だ。

ふと、膝に衝撃が。

「ん？　なんね花ちゃん、これはあんたは飲めんたい」

カフェオレの匂いにつられたのか、花が私の足下で後ろ脚で立ち、尻尾を振っている。カフェオレを飲み干した晃太が抱き上げて、頬擦り。私もでへへと頬擦りをした。もふもふだ。今度は花のおもちゃとおやつも見なくては。


「おはようございます」

次の日の朝、ディードリアンさんが迎えに来てくれた。あとはスタイル抜群の美人騎士さん。名前はイーリスさん。花が歓迎モードで二人の足下をチョロチョロ。

「かわいいですね。高位貴族しか飼育できないから、こうして触れるなんて思ってもいませんでした」

イーリスさんが優しく花を撫でる。美人の微笑みに、かわいい花。絵になる。

「花、おいで」

母が抱っこするが、触られ足りないのか、花は身をよじって二人の方に茶色の体を向ける。

「では、ユイ様には私が。父君にはイーリスが付きます」

「お願いします」

「優衣、お弁当」

母がお弁当を渡してくれる。

「ありがと、行ってくるね」

ディードリアンさんとともに歩き、十分ほどで私が勤めている治療院が見えてくる。

玄関前に人だかりができている。その中から白髪頭の男性が出てきた。

「おおぉぉッ、ユイさん、来てくれたか。今日退院できることになったんだ。だが、あなたに会えないのは寂しい」

白髪頭の男性が、がっちりと私の手を握ってくる。

五十歳過ぎだけど、手と同様に体もがっちりしている。

「今日退院ですか、良かったですね」

この人は現役の騎士さんで、ケガのため治療院にいたが、そこに私がひょっこり勤めて、いろいろしたら気を許してくれた。はじめはとっつきにくい感じだったけどね。

「ああ、私が二十歳若ければ、放っておかないものを」

私の手をさすさすしながら、冗談ばっかり。

「亡くなった奥さんが毎晩枕元に立ちますよ」

「そ、それは……」

白髪頭の男性――フィリップさんが視線を動かす。

「あ、そうだ。今日は下の息子もいました。ささ、末っ子のエリオールです。いかがでしょう、魔法騎士隊に所属しておりまして、稼ぎもなかなかですよ」

そう言いながら私の前に押し出したのは、戸惑った表情の、フィリップさんそっくりの青年。そう青年。二十歳くらいの。

「いやぁ、なかなか、こいつにだけ、いい話がありませんでしてね。ユイさんさえ良ければ」

「……失礼ですが、おいくつです？」

「二十一です」

若いと思ったら、晃太より年下やん。

「あのですね、私、いくつだと思っているんです？　息子さんにだって選ぶ権利があるでしょう」

私がため息まじりに言うと、フィリップさんとエリオールさんが固まる。

「こ、これは失礼しました。ユイさんにはお相手がいらっしゃいますよね。私の早とちりでした」

「いるわけないでしょ、いたら、こんなところにいませんよ」

フィリップさんに鋭く突っ込む。私は男性とお付き合いしたことがない。いや、付き合いそうになった人はいたが、あれだ、華憐が邪魔してきた。あいつは人のものを簡単に欲しがる上に、飽きっぽい。その人は私といると華憐が馴れ馴れしくしてくるのに嫌気が差したのか、疎遠になった。職場が別の病院に移ってからは連絡もしてない。もう、どうでもいいけどね。だが、あれで懲りた。

でも、もし、と思う。もし、その人と上手くいっていたら、こんなことに家族で巻き込まれなかったのではないかと。

「ユイさん、重ね重ね失礼を」

フィリップさんが何故か必死に私の手を握る。

「いいですよ。とにかくもうケガして、治療院に帰ってきたりしてはダメですよ。次来る時は無料でお手伝いしてください」

「承知した。いくらでも、手伝うぞ」

名残惜しそうに手を握り続けていたフィリップさんは、息子さんのエリオールさんに引き剥がされ、「ユイさーん～」と叫びながら帰っていった。ちょっと恥ずかしいからやめて。

周囲の人達のこそこそ話が耳に入る。

(あの人、『火鬼のフィリップ』って言われていなかったっけ?)

(きっとただの噂だよ、噂)

そう、噂。だってフィリップさんはとても真面目な患者さんだったもん。

「さ、お仕事お仕事。ディードリアンさん、ありがとうございます」

私を送ってくれたディードリアンさんは唖然とした顔で、フィリップさん親子を見送っていた。

私の仕事は前の世界と変わらない。ただ内科系から外科になった感じだ。この世界には回復魔法やポーションがあるが、一般的に流通しているものは万能ではない。高位の回復魔法や高品質のポーションはまた別らしいけど。流通しているポーションで手に負えないようなケガは、この治療院で対応している。はじめは悲惨な現場を想像していたが、思ったより掃除が行き届いていたし、うがいや手洗いも徹底されている。ここの院長さんによると、三百年前にここを立ち上げた時に、勇者のパーティメンバーが関わり、清潔な環境や感染予防の重要性を伝え、それを今でも守り続けているらしい。特に感染予防については一般市民にも浸透。周囲の国々も倣い、それぞれの国内に周知されている。

……その勇者さん、こちらの人ではないかも。私達のように召喚されたんじゃないかな？　なんて思いながら治療院に入った。エプロンをつけて、相棒と一緒に包帯交換に回る。

「今日もお願いします」

「はい、お願いします」

今日の相棒はナーヤさん。四十代女性だ。彼女は生活魔法である剥離が使える。ナーヤさんと包帯や軟膏ののったワゴンを押しながら回る。

「おはようございます。お加減いかがですか？　包帯を替えたいのですが、よろしいですか？」

「ああ、今日はユイさんなんだね。お願いします」

こちらの男性患者は冒険者。足を狼の魔物に噛まれて大変だったが、魔法で治療したため切断はせずに済んだ。ただ、変な菌をもらってひどい熱を出し、傷口が化膿してしまっていた。

この治療院の最大の死亡原因。それは傷口からの感染症だ。

まず、ナーヤさんが魔法で、包帯だけを剥離させる。その上で包帯をゆっくり剥がす。

「やっぱり痛くない、ユイさんがすると痛くない」

感動する男性冒険者。傷口はずいぶん綺麗になった。傷口まわりの腫れも大分引いた。

「良くなってきましたね。もう一息です」

私は傷口の周囲を水で優しく洗い流し、軟膏をつけてガーゼもどきで蓋をして、包帯を巻く。

「あと、何日くらい抗生剤は飲んだ方がよろしいですか？」

様子を窺っていた治療院スタッフが聞いてくる。

「そうですね。まだ、腫れているから三日続けてください。三日後にもう一度判断しましょう」

「はい」

スタッフが手配に走る。こういうのは看護師としては逸脱した行為なんだけどね。何故か私に判断を仰いでくる。何度か、これは越権行為だからと院長に訴えたが、スタッフが慣れるまでは、と禿げ上がった頭を下げられた。

この世界に、医者という職業はない。それに該当するのは薬師だ。そして治療院で働くのは、薬師補助。つまり、お世話係ね。ただ、薬師はポーション作成が主で、治療院には滅多に来ない。上級ポーションなら、ケガも病気も大概治るからだ。

そのせいか私が来た当初、この治療院の処置はちょっと酷すぎた。だから患者さんが大切をモットーにいろいろできることをやっていった。

まず包帯を無理やり剥がしていたので、剥離の魔法を使うことにした。それから炎症を抑えるためにない知恵を絞り出し、父の鑑定、母の生活魔法を駆使して、抗生剤の内服薬と軟膏もどきを作った。はっきり言おう、父の鑑定ＳＳＳ最強。なんの薬草を、どのような処理で、どれくらいの分量にすればいいか分かったのは、すべてこの鑑定のおかげ。そして母の生活魔法で処理して作り上げたのだ。そしてそれを使った最初の患者があのフィリップさんだ。

私が「後々の後輩達のために、ケガが原因の感染症で命を落とし、残され悲しむ家族のために、どうかご協力をお願いします」と言うと、快く治験を引き受けてくれた。おっかないあだ名がついていたけど、ただの噂だったね。内服と軟膏処置を始めて数日で効果が出て、喜ぶ喜ぶ。多分、この世界のケガは引退を示すからね、フィリップさんは、復帰できる兆しが見えて嬉しかったんだと思う。毎回手を握り締めてくるもん。退院できて、良かった。

ひととおり終わる頃には昼過ぎ。ナーヤさんは終業のため帰宅、私は母に持たされたお弁当を休憩室で食べる。午後はお風呂に入れない人のために清拭だ。よし、頑張ろう。

食後休憩していると、院長に呼ばれた。

「なんでしょう？」

院長室へ入る。何故かディードリアンさんまで一緒。院長室には知らない人もいる。

「座ってください」

「はい」

私は院長と向かい合う形で、ソファに座る。

「ユイさん。この度の抗生剤開発についてですが」

「はあ」

禿げ上がった院長が話を切り出す。

「特許が取れます」

「はあ？」

え、昨日父の口から出たばかりの特許が、こんなところでも。

「驚かれていますが、あれにはそれだけの価値があります。身近な薬草だけで、あれほどの効果が得られるのは素晴らしいことですよ」

「はあ、別にいいですけど」

「それは権利を放棄するということで、よろしいですか？」

いきなり話に入ってきたのは知らない人。誰？

「黙れ、今は私がユイさんと話をしているんだ。横から口を出さないという条件で同席を許したはずだぞ」

穏和な院長が鋭く言う。

「だが、別にいいと」

院長は目を細め、ディードリアンさんに声をかける。

「この男はユイさんの不利益を狙っている。摘まみ出していただけますか？」

「はっ」

ディードリアンさんはあっという間に男を引きずり、ぽいっと廊下に放り出した。

「なにをする、私は国立薬院の……」

ばたん。

「なんですか、あの人？」

私が呆気に取られていると、院長が説明してくれる。

「国立薬院の開発主任ですよ。内服薬と軟膏を開発したユイさんに醜く嫉妬しておるんです。あの薬を国立薬院が開発したことにしたいんでしょうな。そうなってしまえば開発者のユイさんは利益を得られません。なので手っ取り早く、特許申請をと思いまして」

「向こうにその権利を売ることはできます？」

そう、先立つもの。いくら父のカセットコンロのお金が入ってきても、いつかは底をつく。なんせ目的地のユリアレーナは、国をひとつ隔てている。おそらく移動にはかなりの額が必要だし、向こうで生活基盤を整えるのにいくらかかるか分からない。

「なにをおっしゃいますか」

院長は信じられないという顔。

「向こうが金を払うと思いますか？　おそらく国立薬院で開発したとして、ユイさんには銅貨一枚払いませんよ。とにかく特許申請をしないとユイさんの功績を守れません」

うわあ、なにそれ。

「そうですか、なら、お願いします」

「そう言っていただけると思ってましたよ。さ、書類です」

準備いい。さっとテーブルに出された羊皮紙には、内服薬と軟膏は私が開発しました、権利者は私ですよ、みたいな文言が。

「ここにサインと魔力を流してください」

「すみません、魔力は無理です」

私は魔力はあるが魔法は使えない。そのため自分の意思で魔力を操れない。まあ、こちらでは珍しくないそうだ。

「なら、血を一滴お願いします」

院長が針を出し浄化をかけて、プチッとな。私のサインの上に垂らすと、淡い光が放たれる。

「これで終了です」

うわ、簡単。

「もし、特許を無視して権利を侵害しようとしたらどうなります？」

「その場で火が出ます。悪質な場合は魔力を流した指先から。当然火傷を負います」

「こわっ」

異世界の特許って怖い。

「まあ、意図的にしたらです。知らずにすると、まず、警告音が出ます。これはかなり重要な特許の場合のみ行われます」

へえ、向こうでは数えきれないほど薬の種類があるのに、たった一種類の内服薬と軟膏でこうなるとはね。あ、そうだ。

「これで私の権利になったんですよね。今なら権利は売れます？　実は引っ越しを検討していまして」

「ああ、確か、小型の犬もいると」

「そうです」

「なら、庭付きですな。ここは王都ですからね。治安のいい場所で庭付きとなると、賃貸なら月十八万以上ですな。購入となれば、家の建築年数やグレードにもよりますが、最低ラインは三千万でしょう」

　結構しますね。悩んでいると院長はにやっと笑う。

「ふっかければいいんですよ」

「ふっかける？」

「向こうはこの権利が喉から手が出るほど欲しいはず。なら、ふっかければいい。向こうはケチですからね。おそらくかなり値切った額を提示してきます」

「ちなみに、これ、いくらくらいですか？」

「知り合いの薬師に聞きました。少なくとも二つで千五百万は下らないそうです。まあ、使用料を取る手ももちろんありますよ」

　使用料って言われてもね。多分それを受け取るには身分証明書が必要だ。そんなの作ったら居場所がばれるようなものだから、私達はいまだに身分証を発行していない。作るならユリアレーナだ。

「売ります。今後の生活のために。院長先生、交渉をお願いしてもよろしいですか？　ふっかけてください」

「任せてください」

禿げ上がった院長はにやっと黒い笑みを浮かべた。


午後。新しい相棒と清拭に回り業務終了。

ディードリアンさんと帰宅する。途中でディードリアンさんが聞いてきた。

「何故そんなに急いであの家を出ようとするのですか？　もう少しあの家で、生活基盤を作ってからでも遅くはないかと思いますが。副大臣からも好きなだけ使って構わないと言われているのでは？」

「だって、申し訳ないじゃない。あの家の家賃、払ってないし、生活費だってもらっているし、仕事だっていいところを紹介してもらったし。私達はちゃんと働いて、迷惑をかけないように自立して生きたいだけです。そのために特許を売るんです。まあ、そのうち新しい薬を開発しますよ」

私達家族の本音を言う。最後は嘘だけどね。

「そうですか」

ディードリアンさんは、納得してくれたみたい。

借家に着くと、母と花が迎えてくれる。

「お帰り」

「クンクン」

花がおしりを下げ、尻尾を振って、お腹を出す。相変わらずかわいかあ。たまらず撫で回す私。

「皆さん、今お揃いですか？」

ディードリアンさんが、母に聞いている。

「はい、主人もさっき帰ってきました」

「実はお伝えしたいことがありまして」

「はあ、なら、どうぞ」

母がディードリアンさんを招き入れる。足下の花が、まとわりつく。居間では晃太と父がソファで寛いでいた。

「どうぞ」

母がディードリアンさんに着席を促す。そしてアイテムボックスからお茶を出し、ディードリアンさんに出す。こちらの茶葉の紅茶だ。母もかなり大型のアイテムボックスを持っていて、はじめは戸惑っていたけど、今では使いこなしている。

「ありがとうございます。ご報告したいのは、あの『聖女』様のことなんですが」

私達は一斉に顔をしかめる。

「一ヶ月後に巡礼のために国内を回ります。巡礼といっても、聖女様のお披露目みたいなものですが。ただ、王都を出発する時かなり混雑が予想されるので、私も警備に配置されます」

「巡礼は華憐が一人で？」

「いいえ、『聖女』一家揃ってです」

「分かりました。ディードリアンさんは、お仕事してください。私達は関わりたくないので、家に籠(こも)ります。あ、でも、華憐が王都をちゃんと出るかだけは見に行くかもしれません。当日決めます」

私はばくばくしている心臓を悟られないように話す。ものすごい好機じゃない？

「しかし、混雑を見越して引ったくりや、スリが出る恐れがあります」

「お金なんて持ち歩きませんよ。行かないかもしれないし。母が転んだら大事だしね」

私が話を振ると、母は頷く。

「花がいますから、留守番します。ね、お父さん」

母の言葉に無言で頷く父。

「そうですか。正式な日程が決まり次第、また、ご報告します。では、私はこれで失礼します」

帰り際に、母が定番となったお惣菜を渡す。

本日は鯵(あじ)のムニエルと、鶏ももの野菜炒めでした。

ディードリアンさんを見送って、私はルームを開ける。

ルームに入ってドアを閉め、私達は歓喜の声を上げた。

「第二騎士隊ディードリアン。参りました」

「入れ」

部屋の前の騎士がドアを開ける。

書類が山積みになった机の向こうには、疲労を顔に浮かべたヒュルト内閣副大臣。

「ご苦労、話を聞こう」

メイドとフットマンが無駄のない動きでお茶の準備をする。

ヒュルトはメイドとフットマンを下がらせて、部屋のソファに移動した。

「向こうの家族はどうだ？」

「いたって真面目です。父君はカセットコンロ、ユイ様は内服薬と軟膏(なんこう)の特許を売り、自立しようとしています。コウタ様は未だに就業先が見つからないようですが、母君の手伝いを率先してしているようです」

「はあ、本当に同じ国の人間なのか、あの家族と」

ヒュルトは眉間に刻まれたシワを伸ばそうとしている。

「ご苦労されているようですね」

「ああ、あのバカ王子のせいだ。まったく余計なことをして、とんでもない連中を呼び出しおって」

　ヒュルトが吐き捨てる。

「あのヒュルト様、ユイ様達は巻き込まれただけではないでしょうか？」

「確かに、彼らはそうだな。それなのに彼らの方が我らに有益なことをしている。いっそあの家くらい譲渡しても構わない気がする。ところであのユイという女はどうだ？」

「ユイ様ですか。真面目な方です。あの『聖女』が言うような、男を手玉に取ってとっかえひっかえする、なんてありませんね。普通の良識ある優しい女性です。あの『火鬼(フレア・デーモン)』が、後妻がダメなら末息子の嫁にと考えているようです」

「ぶはぁっ、あのフィリップがか？」

　紅茶を噴き出すヒュルト。

『火鬼(フレア・デーモン)のフィリップ』。彼はこの国の第四騎士隊を纏(まと)める総隊長だ。二つ名どおり、火魔法を操(あやつ)り、敵を薙(な)ぎ払う。残るのは燃えかすのみ。もし敵なら、どんなに恐ろしいことか。そして容赦がない。半端者は許さない。十五年前に妻を亡くして以降、後添(のちぞ)えの話も蹴り続けていた。その『火鬼(フレア・デーモン)』が人目も気にせず「ユイさーん～」と叫び、息子に引きずられて帰っていく様を見てディードリアンは開いた口が塞がらなかった。それを話すと、ヒュルトもぽかんと口を開ける。

「あのフィリップがなあ、信じられないが。お前にはどうだ、接触してきたか？」

「いいえ、まったく。それどころか、家に娘達を残しているのだから早く帰ってと気にかけてくれるほどです。母君は毎日、なにかしら食事を分けてくれて、それがまた絶品なんです。娘達もやっと笑うようになりました」

二年前に妻を亡くしたディードリアン、そして母親を失った二人の娘。娘達は気丈に振る舞って家を守っているが、思い出したように隠れて泣いている。下の娘は父親のディードリアンにしがみつくが、上の娘は絶対にしない。我慢しているのは分かっているが、どうしてやるべきか分からない。最近そんな娘達が妻が生きていた時のように笑う。多分、持たされる食事が美味しいからだと思う。帰ると心待ちにしていたかのようにディードリアンの手元を見るのだ。

「家に残しているお前の娘を心配して、か。お節介だが、本当に普通の家族だな」

「はい。でも、正直食事は助かっています。私がまったくできませんから。あの『聖女』の言うことは本当なんですか？」

「まあ、嘘だろうな。この様子だと」

眉間のシワを深くするヒュルト。

「なにが『優衣ちゃんは男を次から次にとっかえひっかえしてるから、まともな縁談が来ない』だ。お前を指名したのも、『優衣ちゃんが好きな俳優そっくりだから、きっとすぐに足を開くわ』とか言って。自分は召喚当日に王子の寝室に乗り込んでおいて」

「ぶはっ、それは本当ですか？」

今度はディードリアンが噴き出す。王子は未婚だが、国内最大勢力の侯爵家の長女を婚約者としている。ディレナスでは、いくら王子とはいえ、未婚で女性を寝室に入れる行為はご法度(はっと)。王位に就けば、側室として『聖女』を手に入れる方法もあるにはあるが、あくまで側室。国が決めた正式な婚約者がいるのだから。

しかし、王子はそういったことに考えが及ばない。『聖女』も『聖女』だ。まさか、召喚当日に男の寝室に乗り込むなんて神経を疑う。

「『聖女』だけではない、他の三人も似たり寄ったりだ。特に若いメイドはいつ自分が『聖女』の弟に目をつけられるかと怯えている。メイド長が必死になって彼女達を守ろうとし、何度も苦情を言いに来た。ああ、もしこのことが侯爵の耳に入ったらと思うと胃が痛い」

「そうですか」

苦労が滲(にじ)み出るヒュルトを、ディードリアンは気の毒そうに見る。

『困ります。今は来客中です』

『私は聖女よ、通しなさいよ』

うわあ、来た、とヒュルトが顔をしかめる。

ドアの向こうの声の主、華憐はドアを許可なく開け、どかどかと入ってきた。

まるで、娼婦だな、とディードリアンは眉を寄せる。大きく胸と肩を出した派手なドレスに、高く結い上げた金髪、じゃらじゃらと下げた宝飾品。品がない。歩き方も、なにもかも。

「なにか?」

ヒュルトが感情の籠(こも)らない声で用件を問う。

「なんで優衣ちゃんのお母さん、来ないの？　ここのご飯、飽きたのよ。早く連れてきて」

ヒュルトは深く息を吐き出す。

「昨日、申し上げたことをお忘れですか？　ご自分でなさっては……おっと失礼。城の厨房は出禁でしたね」

ヒュルトがバカにしたように言う。

今日、華憐は城の厨房で、食材を散々ダメにした挙げ句、小火を起こした。その上、慌てて消火に回る厨房スタッフに、罵声を浴びせたのだ。

「あんた達の管理が悪いのよ、まともな料理も出せないくせに。顔に煤が付いたじゃない、どうしてくれるのよッ」

それを聞いた総料理長が、手にしたバケツの水を華憐にぶちまけた。

「これで煤は落ちたでしょう？　さあ、誰か『聖女』を外に」

呆然とする華憐を、数人のスタッフがまさに引きずり出したそうだ。

つい数時間前に、怒りで顔を真っ赤に染めた総料理長が、ヒュルトにそのことを伝えに来た。

ただでさえ、華憐達のよく分からない要求に四苦八苦しているのに、料理人達の聖域を汚され、小火まで起こされたのだ。総料理長は自分が処罰されるのも覚悟の上で、ヒュルトに訴えた。彼の気持ちはヒュルトも理解しているし、長く勤めてくれていて真面目で腕のいい彼を解雇する気はない。

現在、『聖女』関連でまともな対応をしているのはヒュルトのみ。他はみんな『聖女』の言いなりだ。

「私は『聖女』なのよ。私に水をかけたあの料理長、なんでクビにしないのよ」

「おや。確か『料理なんて簡単よ』みたいなことおっしゃってましたよね？　もし、総料理長をクビにしたら、あなた自身が小火の責任を取らされますよ。王の食事を作る厨房で小火を起こした、なんてことはないですよね？」

「に、日本と勝手が違うのよ。早く、優衣ちゃんのお母さんを呼んでよ」

「できません。彼女達は自立しようと家族で支え合っています。邪魔はできません」

「ふん、相変わらず貧乏人らしく働いているのね。優衣ちゃんとはお友達なのよ、私が言えばなんだってしてくれるわ」

「あなたにそんな権限はありません」

冷たく突き放すヒュルト。

「友達にしては随分上から目線ですね？　本当に友達なら、彼女らの生活を案じるのでは？」

「なによ、優衣ちゃん達にもお金を渡したんでしょう？　知っているんだから。それくらいの仕事させたっていいでしょう？」

「言っておきますが、彼らに渡したお金は、あなたがしている指輪代の半分にもならないんですよ」

「なんですって、そんな安物を私にさせているのっ、『聖女』の私にっ」

華憐の言葉に、ヒュルトの眉がつり上がる。

どれだけの国の金が、この家族に使われたか。はじめの二、三日は大人しくしていたが、あっという間に化けの皮が剥がれ、『聖女』の肩書きでやりたい放題。湯水のように金、つまり税金を使っている。しかも、現国王の実子で、第一バカ王子が後見人をしていることもあり、甘い汁欲しさに、一癖も二癖もある貴族の連中が蟻のように集まり始めている。それだけでも頭が痛いのに、華憐達の横暴な言動。さすがのヒュルトも限界が近かった。

「あなたは『聖女』と鑑定されたが、まだ『聖女』ではない。分かりませんか？　誰もあなたを『聖女』と認めていない。この国の民が『聖女』と認めなくては、あなたはただの穀潰しだ。せめて『聖女』らしい功績と振る舞いをしてから『聖女』を名乗れ」

最後は蔑みも露わな命令口調だ。

「お引き取り願え」

「「はっ」」

ドアの外に控えていた二人の騎士が、華憐を引きずり出す。

「あんた、何様のつもりよ。私は『聖女』なのよ」

「私はこのディレナス王国国王実弟、内閣副大臣ヒュルト・リン・ディレナス。第一王位継承者だ。連れていけ」

「嘘よッ、アレクシアン王子が第一のはずッ」

「あれは第二だ」

喚く華憐を騎士が連れ出し、ドアが閉まる。静まり返る部屋。

「大変ですね」

「頭が痛いよ。さあ、帰れ。彼らの言葉ではないが、娘達が待っているんだろう？」

「はい、承知しました」

ヒュルトが眉間を押さえながら、ディードリアンに帰宅を命じた。

凄まじい歓声の中、華憐一家が高い神輿のような馬車の上から、笑顔で手を振る。花びらが舞い、鼓膜を突き破るような歓声に紛れるようにして私と晃太は移動する。ルームには父、母、花がいる。

一ヶ月前から、私達はできる限りの準備をした。まず父と私の特許を売った。カセットコンロは千三百万、抗生剤の内服薬と軟膏は二千五百万。院長が頑張ってくれました。一部をお礼がてら治療院の修理代として渡した。いや、押し付けた。

市場調査もした。私には『異世界への扉』がある。もし、なにかのはずみでお金が必要になった時、そこから手に入れたものを転売するためだ。香辛料はアウトだった。ディレナスの香辛料は厳しく管理されているため、どこで手に入れたか追及される可能性がある。

転売を思いついたのはイーリスさんの一言だった。彼女が花のバンダナを見ながら呟いたのだ。

「素敵な布ですね。きっと高価なんでしょうね」

「え？　これ？」

私はびっくりして何故そう思うのか聞いてみた。花のしているバンダナは、ペットショップでシャンプーした時にもらったものだ。タダの赤いチェックのバンダナ。

「すごくきめの細かい布ですよ。何種類も糸を使っているし」

「あのイーリスさん、もし、これが反物であったら一メートルでいくらですか？」

「さあ、私にはちょっと分からないです」

それから買い物と称して布屋や服屋、嗜好品の店を回った。嗜好品の店は外から覗くだけだったけどね。狙い目は蜂蜜やワインだった。イーリスさんとおしゃべりしながら街を回るの、楽しかったなあ。


自分の魔力に注意しながら、『異世界への扉』に通っているうちに、『ルーム』レベルが7になった。ディレックスの商品は必ず同じものがあるわけではなく、毎回少しずつ変わっている。なんとか蜂蜜を手に入れ、ワインも千G前後の銘柄を白赤ともに何本か手に入れた。そしてぺんたごんで綿や麻の布、糸、刺繍糸、針、総鉄製の鋏を手に入れる。確かにこの世界の布は高価だ。なんたって手織りだしね、すべて。日本じゃ機械で大量生産だからね。布はあくまでも無地を選ぶ。それかストライプだ。変に凝った模様は怪しまれる。買ったものは、すべて晃太のアイテムボックスに入れた。

母はミシンをフル稼働させ、私と晃太のマント、いやポンチョみたいな感じのものを作る。さすがに足下まである丈は無理だったようだ。でも、フード付き。そして大量のお弁当作成。

締めに手紙を書く。ヒュルトさん、ディードリアンさん、イーリスさん、父が勤めていた研究機関、私が勤めていた治療院宛だ。空調を最大に使って冷やした居間に手紙と、ディードリアンさんの娘さん達のために母が作った食事とお菓子を置いた。

私と晃太は乗り合い馬車の停留所に向かう。

窓口でユリアレーナ方面の乗り合い馬車を確認。お願い、空いていますように。

受付の女性は、困った顔。

「空いてはいますが、Sクラスの馬車しか空いていません」

「おいくらですか？」

「お二人様で百三十八万です」

たっかッ。どこのファーストクラスよ。馬車に乗るだけなのに。確かに護衛の冒険者の料金もあるけどさ。国境の街ビーランまで十日。宿場を経由するが、野宿も七日ある。高いよ。ちなみに宿場の宿代や食事はこちら持ちよ。

「姉ちゃん、背に腹はかえられんよ」

晃太が、迷う私に言ってくる。

「ご夫婦ではないんですか？」

受付の女性が不思議そうに聞く。

「あ、そうです。姉ちゃん。この機会は逃せんばい」

「そうやな……お願いします」

首を傾げる受付の女性。

「実は、姉の夫の暴力から逃げるためなんです。今日しか移動できないんです」

うわあ、息をするように嘘をつく。受付の女性はさっと表情を変える。

「分かりました、手配いたします。お気をつけてくださいね。私、誰にも話しませんから」

そしてにっこり笑う受付の女性。

お姉さんに金貨を渡し、私達は馬車に乗り込む。なんでも揺れない工夫がされているらしい。中もなかなか豪華、クッションもふかふかだ。なんと貸切状態。ラッキー。多分同乗者がいたら、もうちょっと安かったかも。念のために酔い止めを飲んだが、本当に揺れない、ちょっとだけだ。これなら母でも馬車移動ができるかな。

華憐達が出発してすぐに、私達の馬車も出発。反対方向だ。

ディードリアンさん、イーリスさんは明日の朝、居間に置いた手紙に気づくだろう。

二人を怒らないでほしいとヒュルトさん宛の手紙に書いたけど。もし、ディードリアンさんになにかあれば幼い娘さんがどうなるか。それだけが心配だった。

「姉ちゃん、姉ちゃん」

「んん？　なんね」

寝ていた私を晃太が起こす。

「もう宿場ね？」

「違うって、トイレしたか、ルーム開けて」

「あ、はいはい」

私は馬車のドアと同じサイズにしたルームのドアを出す。サイズを変えられると気づいたのは、母の一言だった。

「もうちょっと小さくならんかね？」

そう言われてやってみたら、できた。お茶室サイズの入口までになった。使い勝手いいなあ。

晃太がそそくさとルームの中に。花の吠える声がしたので、すぐに閉める。しばらくしてドアを開けて、晃太が戻る。中の父、母とアイコンタクト。今のところ大丈夫よ。

そっとカーテンの隙間から外を覗くと、馬に二人乗りした冒険者が並走していた。鎧（よろい）を着た体格のいい男性と、中学生くらいの女の子。え、あの子も冒険者なの？

移動は集団でしている。馬車は合計四台。冒険者達は二チーム。

どうか、無事に国境を越えられますように。

第三章　脱出

馬車の旅は順調だ。

このSクラスの馬車は揺れないためか、あまり体に負担がかからない。時折休憩の時に、他の馬車の乗客達が馬車を降り、腰を伸ばしているのを見る。結構、腰に来てるみたい。それとなにより個室なのがいい。カーテンを閉めて、内鍵（ひっかけるタイプ）をかければ、私と晃太はルームを行き来できた。たまに気分転換に父、母と入れ替わったりもした。もちろんばれないように。ただ、やはり花だけはルームに置いておかないとダメだったから、花にとってはストレスだろうなあ。新しいおもちゃをディレックスで見つけなくては。

馬車の旅で、新しい知り合いもできた。冒険者のエマちゃんんだ。初日に見た、馬に乗っていた冒険者の子。小柄でくりっとした目のかわいい少女だ。野営の時に、私達の食事の匂いに釣られてきた。ちなみに他の乗客は私達に寄り付きもしない。まあ、助かるけどね。変な金持ちと思われているんだろうなあ。おかげでディレックスで手に入れたカセットコンロを出しても大丈夫だった。

「はい、熱いからね」

「わあ、ありがとうございます」

エマちゃんに鍋の締めの定番、おじやを渡す。あまりにもこちらを見るので手招きしてみたら、そそくさとやってきた。素直でかわいいか。

「すみません。俺までご馳走になって」

「いいんですよ、気にしないでください」

もう一人の冒険者、エマちゃんと馬に乗っていた体格のいい男性は、なかなか彫りが深い顔立ちのホークさんだ。護衛する冒険者パーティの二チームの内の一つ、『鷹の目』のリーダーさん。匂いに釣られてきたエマちゃんを叱っていたのを、私が慌てて止めた。だって私が手招きしたからね。

護衛は、乗客から食事をもらってはいけないらしい。私の知識不足だった。

ならば、と、これから向かうユリアレーナや、通過予定の国マーランについていろいろ情報を提供してもらう代わりに、おじやをご馳走することに。こちらはど田舎から出てきてよくわからないという設定で。鍋に追加で鶏団子を入れたから、ボリュームはあるはず。蓋を開けると、出汁を吸って大量になったおじや。

……リーダーさんはこの体格だ、絶対食べるはずよね。多めに入れて渡す。

卵が半熟であることを心配されたが、日本の新鮮卵だからね。大丈夫だからと押し切った。

「リーダーの、私のより多い」

「そりゃ男の人だし、体が大きいからね。エマちゃんもたくさんあるから、おかわりしていいからね」

「うんっ」

「こら、エマ。本当にすみません」

「いいんですよ。リーダーさんもどうぞ」

「ありがとうございます、いただきます」

エマちゃん、ホークさんがぱくり。

「あっち」

「あつ、でも旨（うま）い」

二人はがつがつ食べる。なんでもこういった護衛の時は、基本的に携帯食らしい。すでに九日が過ぎ、宿場に泊まる時以外は硬い黒パンかバサバサのビスケットだけしか口にしていないと。

栄養が心配。まだ、エマちゃん成長期なのに。年を聞くと十五歳で、最近成人して冒険者になったという。こちらの成人は十五かあ、まだ、日本じゃバリバリの子供だよ。なんてことを思っていると、おかわり希望、来ました。

「はい、どうぞ。リーダーさんもいかがですか？」

声をかけると、ちょっと遠慮がちに空の器を出された。私は多めにおじやをよそう。

「このリゾット、めちゃくちゃ美味しい」

エマちゃんがほっぺたにご飯粒をつけながら言う。ついてますよ。取りましょうね。母に持たされたハンカチでふきふき。エマちゃん、何故か嬉しそう。

母に教えてもらった味付けのおじやなのだ、晃太に味見してもらって、美味しいと太鼓判をもらっている。ちょっと、いや、米が出汁（だし）を吸ってかなり大量になったおじや。残ったらどうしようもないからね。たくさん食べてくださいね。

「晃太、食べる？」

「腹、いっぱいばい。もうよか」

「エマちゃん食べる？」

「うんっ」

「リーダーさんもどうぞ」

「ありがとうございます」

良かった。捌けそうだ。食べながら、エマちゃんとリーダーさんに、マーランとユリアレーナについて聞く。ディードリアンさんから聞いてはいるが、実際どうなのか、他の人の話も聞きたかった。

マーランはディレナスとユリアレーナに挟まれた、地図上は細長い国。あまり大きな国ではないが、他の国との交易路があり、不戦条約に守られた比較的安全で自由な国だ。

一方ユリアレーナは、ディレナスと並ぶ大国だ。中立国で一応身分階級があるが、ディレナスほど厳しくない。ディレナスは昔、貴族の道を平民が歩いただけで斬り殺される国だったらしい。少しずつ意識改革をして、随分良くなったらしいが、今でもそんな感覚を持つ貴族が少なくない。

ユリアレーナには、開国した女王がそういった差別意識を失くそうと熱心だったそうで、そのおかげで人種差別もなく、いろいろな種族が分け隔てなく生活できている。

ディレナスでは、ドワーフとかエルフとかを見たことがない。ただ一度見たのは、鎖に繋がれた獣人の人達。ディードリアンさんが、ディレナスでの他種族の扱いを教えてくれたけれど、私達はどうしてもその考えに共感できず、ディレナスを出る要因の一つにもなった。最大の要因は華憐だけどね。

私達がユリアレーナに惹かれたのは、獣人だから、種族が違うからと色眼鏡で見ない平等な国という話を聞いたからだ。そして、辺境伯や国の騎士団が優秀で、他の国からの侵略を許さないと。ディレナスとはマーランを通しての付き合いはあるが、同盟などはないため、引き渡されることもないと考えた。

エマちゃんとリーダーさんの話は、ディードリアンさんの話とあまり誤差はなかった。

「ユイさん達はユリアレーナに行きたいの？」

「そうよ。聞いたら、平等な国みたいだし。私達はそんな国がいいかなって」

「確かに多種族の国だから住みやすいが、人頭税がかかりますよ。ディレナスの倍近いはず」

リーダーさんが器を置きながら言う。

「それを払っても住みやすい国ってことですよね？」

「そうです。ディレナスと肩を並べる大国になっている理由はそこですね。身分階級はあっても初代女王の意志が受け継がれていてひどい差別はないので、礼節さえ弁えていれば大丈夫ですよ。なにより種族差別がありませんから」

ちなみにディレナスは人頭税にも差がある。私達、つまり人族は獣人やエルフやドワーフみたいな人達よりぐっと安い。

人頭税はかかっても、やはりユリアレーナがいいなあ。マーランはディレナスと友好条約があるから、今のところパスだ。

人頭税が高いなら、ユリアレーナからディレナスに人口が流出するのでは、と思ったが、魔物蔓延る中を護衛もなしで、国を跨いで引っ越しするのは想像以上に大変。なによりお金がかかる。なので、多少の人頭税を払っても、ユリアレーナから出ることはないらしい。ちなみに収入や階級で人頭税は変わり、未成年は基本的になし、妊婦さんや産褥期の人もかなり安く、地方によっては一時補助金も出るらしい。これも初代女王の政策の一つと。

その女王様、うちらの国の人じゃないよね？

「やっぱり、ユリアレーナが良かね、姉ちゃん」

「そうやね」

「あれ？　ユイさん達、夫婦じゃないの？」

晃太が確認するように聞いてくる。

「そうよ、姉弟よ、私が上ね」

またご飯粒をつけたエマちゃんが不思議そうに聞いてくる。私は説明して口元を拭いてあげた。

無事にマーランに入国できた。身分証がないので、二人で入国税が一万G（ゴールド）もかかった。なんでも国が発行する身分証やギルドのカードがあればかなり割引され、ギルドのランクによっては無料にもなるらしい。エマちゃん達は冒険者ギルドのカードを見せてくれた。我らには無理だね冒険者。

馬車の終着駅でお世話になった馭者（ぎょしゃ）さんにお礼を言って降り、ちょっぴりチップも渡す。慣れないから緊張したけど、あんな感じで良かったかな？　慌てた様子で、駆者さんも深く頭を下げた。

「こちらこそ、またのご利用お待ちしております」

と言っていたから、大丈夫だろう。

「ユイさん、ユイさん」

エマちゃんが駆け寄ってきた。

「もう、行っちゃうの？」

……かわいいなあ。寂しそうに言うから、ギュウッてしたくなったけど我慢。我慢。セクハラで訴えられてしまうからね。

「今日の宿を探すわ、あと、明日、ユリアレーナに向かう馬車を探そうと思って」

すでに夕方前、今から出発する馬車はない。

この世界は恐ろしいことに、魔物がいる。夜なんかは特に危ないらしく、乗り合い馬車は基本的には午前発だ。受付窓口もすでにカーテンが閉まってる。

「エマちゃん達のおかげで無事にマーランに着いたよ。ありがとうね」

「ううん、私達、冒険者だもん。ユイさんのリゾット美味しかった、また、食べたい」

「こらエマ、すみませんユイさん」

リーダーさんが慌ててやってくる。そんなに美味しかったのかね、おじや。

「いいんですよ。あれは残ったスープで作ったものだし、気にしないでください。リーダーさんもお世話になりました」

私と晃太がペコリと頭を下げる。

「Sクラスの馬車に乗る人なのに、腰が低い」

ぼそり、と呟くのは若い男性剣士。

「こら、ミゲル」

「失礼よ」

若い男性剣士を注意したのは、スキンヘッドの男性とローブを着た女性。スキンヘッドの後ろから様子を見ているのは、エマちゃんと同じ年頃の少年。

「あとで叱っておきます。あの四人もパーティメンバーです」

リーダーさんが言う。

「そうですか、皆さん、お世話になりました」

再び二人でペコリ。向こうもペコリ。

「では、私達、宿を探しますので」

「ユイさん、またね」

「またね、エマちゃん」

私達は『鷹の目』の皆さんと別れ、宿を探すために、馬車の停留所横の『宿案内所』とかかれた看板を掲げた店に入った。そこで紹介されたのは、平屋の一軒家タイプの宿だ。大人四人と小型犬一匹ならとすすめられたそこは一日三万五千G(ゴールド)。食事はなしだ。とりあえずそこにする。ちょっと高いけど、お風呂、温泉付きだから迷いはない。我らは日本人なのだ。はやる気持ちを抑えて宿に向かい、案内所で渡された木札を受付に渡す。

「二名様ですか？」

「いえ、四人です。小型犬一匹です」

「小型犬？」

「はい、あとから来ます」

「分かりました。ご案内します」

料金を払うと、女将さんが案内してくれる。

「あの、もし延長したいときはどうすればいいですか？」

明日朝イチで馬車の確認はするが、もしその日に便がなければ、延長しなくてはならない。

「午前中に受付に言っていただければ大丈夫ですよ」

「はい、分かりました」

「どうぞごゆっくり」

女将さんから鍵を受け取り、晃太と平屋に入る。入ってすぐが居間兼小さな台所になっている。

まずまず広いし、綺麗だ。女将さんにお礼を言って、もう大丈夫だと伝えた。

「よか？」

「よか」

晃太が女将さんが去っていくのを確認し、家の鍵をかけてから居間の奥で私はルームのドアを開ける。

「ワンワンワンワンッ」

花が飛び出してくる。私と晃太の足下にすりより、お腹を出して尻尾をパタパタ。ああん、かわいかあ。かわいかあ。撫で回すと花は満足したのか、居間の匂いを嗅ぎ回る。

「花ちゃん」

でれでれと晃太が追いかける。ルームから父と母も出てきて、ため息をつく。

「さすがにきつかなあ」

父が疲れた顔。

「じっとしとくのも、つらかねえ」

母も同じような顔だ。六畳の部屋にずっと籠りっぱなしだったからねえ。

居間にまず花のトイレとクッションを設置。

「お母さん、お風呂あるって、まず入る?」

「そやなあ。ああ、久しぶりの湯船や」

お風呂をチェック。うん、大人二人が入れるお風呂。かけ流しの小さな銭湯みたいだ。

私達は順番に温泉を楽しんだ。

「あああぁぁぁぁぁぁ」

なぜか声が出る。ああ、毒素が抜けた感じがたまらない。

上がったあと、私はディレックスで買い物。冷えたビールとコーヒー牛乳ゲット。これがないとね。久しぶりにチューハイと知らない銘柄の辛口の日本酒ゲット。ビールは両親、私はチューハイ、晃太は日本酒。つまみはピーナッツがあった。花のご飯もゲット。支払いを済ませ、私はビニール袋を下げてディレックスを出る。

花がまだ興奮し、しきりに匂いを嗅(か)いでいる。母がダイニングテーブルに夕食を並べている。母のアイテムボックスから出来立ての唐揚げにエビフライ、生春巻が出てくる。うはあ、美味しそう。匂いに、花が母の足にすがりつく。

「花ちゃん、ご飯待ってね」

私が抱き上げ、すりすり。うわあ、もふもふ、じゃないモコモコだ。爪も伸びている。あ、ワンコ臭が。いつもだったらペットショップでシャンプーとカットをする時期を過ぎている。花は常にサマーカットだ。なんでって？　それが断然かわいいからです。はい、人間の勝手です。癖ッ毛で、一度サマーカットにしたら、毛が伸びるとおかしくなるからです。肉球の隙間からも毛が伸びている。時々、母がカットしているが、「ちんまい手やねえ、怖かあ」と言って進まない。私も怖い。

花の夕ご飯もオッケー。父と晃太がホカホカで浴室から出てくる。

ダイニングテーブルに全員着席し、ぷしゅっと、ビール、チューハイ、ぱきっと日本酒が開く。

「では、とりあえずディレナス脱出成功を祝って乾杯ッ」

ディレナス脱出成功は小声で、私達は乾杯した。

くはあ、久しぶりのチューハイ、きくっ。

なんとか、マーランに入れた。あとはユリアレーナ行きの馬車だけだ。

そう、あとはそれだけだ。

でもここで躓(つまず)くこととなった。

第四章　ターニングポイント

次の日、晃太と馬車の停留所に朝イチで向かう。

「あの、ユリアレーナ行きの馬車は空いていますか？」

受付の女性に聞くと、困った顔をされた。

「申し訳ありません。しばらくは一杯でして」

「全然ないんですか？」

「はい、予約も受付が難しい状況で」

「あの、予約も難しいって？」

晃太が理由を聞く。

「護衛の冒険者チームの確保が厳しいんです。乗り合い馬車には最低二チームの護衛が必要なんですが、今緊急クエストがありまして、かなりそちらに取られてるんです」

緊急クエストか、なにかあったんだろうな。なんだろう、嫌な予感。

「お急ぎですか？」

「そうです。実は姉の暴力夫から逃れるためなんです」

まだ、その設定生きていたの？　受付女性が気の毒そうな顔になる。

「なら、お金がかかりますが、移動手段がないことはないですよ」

え、なにそれ？

「個人で馬車を借りて、冒険者ギルドで護衛の冒険者チームを探すんです」

「できるんですか？」

「はい、できます。ただ料金はかかります。まず、商人ギルドで馬車の確認をしてはどうでしょう？　ちょっと待ってくださいね。こちらを商人ギルドの相談窓口に出してください」

受付の女性は一枚の木札を渡してくれる。

『馬車貸し出し希望』と刻印されている。日本語ではないが、読める、不思議だ。召喚されると基本的な言語はみんな理解できる仕様らしいが、何故かは不明。読めるから、いいか。

「ただ、馬車を借りられても、冒険者チームを雇えない場合があります。あと、現状で冒険者チームを雇おうとするなら多少依頼料を増やさないといけないかもしれません。こればかりはどうしようもないかと思います」

いくらくらいかかるんだろう？

「通常なら、ユリアレーナまでいくらくらいですかね？　参考までに」

「そうですね、詳しくは分からないですが、ここからユリアレーナの国境まで一ヶ月半はかかりますから、少なくとも四十万G（ゴールド）、あとは途中の食事や宿代をどうするかで変わりますが、それ以上はかかると思われた方がいいかと」

「そうですか、ありがとうございます」

受付女性にお礼を言って、ギルドに向かう。

ギルドは大きな建物だ。中には冒険者、商人、職人、鍛冶、薬師ギルドが入っている。冒険者ギルドと商人ギルドのスペースが広い。職人や鍛冶、薬師は別に工房があり、ここには相談窓口や、売店などがあるのみ。

一階にある商人ギルドと冒険者ギルドはあんまり区別がつかない。だって制服が一緒なんだもん。あ、よく見たらバッジが違うかな。右側には鎧(よろい)やマントをまとった人が多いから、きっとあっちが冒険者ギルドなんだろう。壁にはいろいろ紙が貼られている。広告じゃないよね、たぶん、依頼の紙かな。

「姉ちゃん、あっちや」

商人ギルド相談窓口とプレートが下げられている。そちらに向かい、中年の男性に木札を出す。

「馬車の貸し出し希望ですか?」

「はい、そうです」

「現在、護衛の冒険者チームを雇うことが困難のため、貸し出しは難しいかと」

「冒険者を雇う前に、馬車は空いていますか?」

「ですから、冒険者を雇ってからの話になります」

「馬車の受付で、まず、ここで、確認してはと言われたんですが」

「まずは、冒険者チームを雇ってください」

「あの馬車は空いていますか? それだけでも確認したいんですが」

「護衛を雇えないのなら、確認もなにもできません。冒険者を雇ってください。話はそれからです」

そう言って、カウンターに出していた木札を引っ込める。これ以上は受け答えしない気だ。

あ、ダメだこりゃ、あれだ、たらい回しだ。

この受付の中年男性の目が、私達を厄介者、と言っている感じだ。

多分、冒険者ギルドに行っても、馬車の確保が先とか言われるだろうな。

「お宅は商人ギルドなんじゃないです？　客に対して満足な対応もできないなら、見習いからやり直したらどうですか？」

晃太が鋭く、しかし穏やかに毒を吐く。さっと、中年男性の顔色が変わる。

「できないのなら、はっきり根拠を述べ、断るべきではありませんか？　お宅の言い方だと、冒険者をこちらが雇えないだろうからバカにしている、そう受け取れますが。商人として窓口に座る以上、最低限の礼節を持つべきではないですかね？」

行け、行け晃太。姉ちゃん、応援しちゃるよ、心の中で。

ちょっと注目され出したけど、いいぞ、行け、行け晃太。

「文字見えます？　木札になんて書いてあるか読めました？　まずは馬車の在庫、運行状況の確認くらいはするべきではないですかね？　あとは、冒険者を雇ったあとの流れの説明もしないのは、どういうことですかね？　ちょっとお宅を指導した上司とお話ししたいんですけどね」

中年男性の顔が真っ赤になる。晃太の言い分も一理あると私は思う。いざ、冒険者を雇っても、

がんばれっ

肝心の馬車がなければ意味はない。徒歩でユリアレーナに行くなんて無理だ、何ヶ月もかかるし、絶対に母の体が耐えきれない。ルームを使い続けるにしても、精神的にきついはずだし。

「彼らの護衛なら、俺達が請け負う。馬車の確認をしておけ」

後ろから届いた声に振り返ると、『鷹の目』のリーダーさんが立っていた。エマちゃんもいる。

リーダーさん、確かホークさんだったかな、少し怒っている。

「ユイさん、冒険者ギルドに行きましょう。依頼を出してください。すぐに俺達が受けます」

「あ、はい」

「ユイさん、行こう、こっちだよ」

今にも噴火しそうな中年男性を残し、私と晃太はリーダーさんとエマちゃんに連れられ、冒険者ギルドへ移動する。カウンターの上に下げられているのは依頼受付のプレート。

「あの、リーダーさん、よろしいんですか？　緊急クエストがあるって聞きましたけど」

「大丈夫ですよ。確かに緊急クエストは出てますが、ここの冒険者チームがかなり向かったようで」

すべての冒険者チームが出るわけではないらしい。全員向かったら、有事の際に動ける人員がいないからかな。

聞いた話だと、冒険者もぴんきり。依頼も街の雑用から魔物の駆逐(くちく)、護衛にダンジョン攻略、そして、こういった緊急クエストまで。緊急クエストは行政からの依頼が多いため、依頼料がいいらしいし、冒険者としての箔(はく)がつく。冒険者にはランクがあり、こなしたクエストの回数と内容で査定される。緊急クエスト以外にランクに大きく関係するのは『指名依頼』。『指名依頼』は信用できる冒険者という証（あかし）なのだそうだ。

「なので、指名依頼にしてもらえると、俺達に利があるってことです」

「そうなんですね。なら、お願いします。よか、晃太？」

「よかよ、よろしくお願いします」

晃太も頷いてくれる。良かった、護衛の冒険者チーム『鷹の目』を雇い入れることができそうだ。

「申し訳ありません」

冒険者ギルドの受付で、まだ若い男性職員が申し訳なさそうな顔で言ってくる。

さっきのやり取りを見ていたようだ。商人ギルドと冒険者ギルドとは関係ないと思っていたけど、そうじゃないらしい。ギルドはそれぞれの部署に分かれているが、一つの団体。昔はバラバラだったらしいが、効率化のために何百年か前にまとまったという。冒険者は商人の護衛、鍛冶や職人、薬師のための材料採取。商人は各ギルドに必要な品や人を円滑に回すために。鍛冶や職人、薬師は冒険者や一般人に必要なものを作るために。なるほど。

「指名依頼をお願いします」

私が用件を伝える。

「はい。まず、こちらの書類を」

男性職員が一枚の書類を出す。指名依頼と書かれている。

「まず、こちらに依頼者の名前を」

どうしよう？　父の名前にするか？　いや、ここにいないしなあ。いいや、私の名前で。

ユイ・ミズサワと。異世界の文字も自然と書けてしまう。

「身分証は？」

「ありません」

「承知しました。次に」

男性職員は書くべき内容を丁寧に教えてくれる。

依頼内容：移動護衛、行き先：ユリアレーナ国境の街アルブレン、依頼冒険者パーティ：『鷹の目』リーダー・ホーク。

依頼料の欄で手を止める。

「ちょっと、待ってください。晃太ちょっと来て」

「なんね？」

私は晃太とミニ家族会議。

「依頼料どうする？」

「そうやね。ちょっと上乗せしい。さっきも声かけてくれたけん。これくらいやない？」

晃太はぱーを出す。そうだよね。たらい回しにされそうになった時に声かけてくれたしね。

「リーダーさん。五十万でよろしいですか？」

私が確認すると、リーダーさんはびっくり顔になる。

「そんなにいいんですか？」

「はい。緊急クエストでなく、私達の護衛を買って出てくれましたし。長く護衛してもらいますしね」

「なら、精一杯、護衛させていただきます」

「よろしくお願いします」

私は依頼料：五十万と書く。

「護衛対象はお二人ですか？」

「いいえ、両親と小型犬一匹も」

「「「小型犬？」」」

男性職員とリーダーさん、エマちゃんの声が被る。小型犬はお貴族様のペットだからね。こんな時のために家族で決めた設定を告げる。

「実は飼育放棄されていたのを、うちで引き取ったんです。両親とは昨日まで別行動だったんですけど、やっと合流できまして」

「そうなんですか」

よし、リーダーさん、信じてくれた。エマちゃんは興味津々な様子。

「では、こちらにご記入を」

「はい」

依頼対象：成人、人族四人。小型犬一匹。

「細かい打ち合わせはどうします？」

えっと、食事とか宿場代だよね？　ウーン、一人じゃ決めきれない。

「あの、リーダーさん。うちの両親を含めてご相談できませんか？」

「構いませんよ。俺達もご挨拶しないといけませんし」

リーダーさんと相談し、パーティのサブリーダーさんも呼んで打ち合わせすることに。

「エマ、チュアンを呼んできてくれ」

「分かった」

軽やかな足取りで駆けていくエマちゃん。若いなあ。

「支払い方法はどうされます？　あと仲介料として依頼料の二割をいただきます」

二割、結構な額だね。この仲介料はギルドなどに所属していると、割引が適用されるらしい。

「すみません。こういったことは初めてでして、一般的にはどのように支払うんでしょうか？」

「基本的に依頼者が全額一旦冒険者ギルドに支払い、それを冒険者ギルドが管理します。まず手付けとして半額をパーティに渡し、成功すれば、到着先の街の冒険者ギルドに報告して残りを受け取る形になります」

「リーダーさん、それでよろしいですか？」

「大丈夫です」

「では、それで。今、お支払いしていいですか？」

「はい。構いません」

私はアイテムボックスからお金を取り出す。

「ユイさん、アイテムボックスあるんですね」

「はい、小さいですけど」

私のアイテムボックスはC。珍しくはない。晃太のサイズは知られたら厄介だから、秘密だ。

金貨を数えて、男性職員に渡す。金貨六十枚。男性職員がチェックする。

「はい、確かに。では、魔力を流してください」

「あ、無理です」

「では、血を一滴」

はい、ちくっとな。サインとかじゃダメなのね。リーダーさんは魔力を流す。

「確認させていただきます」

男性職員が書類を近くの水晶にかざす。薄い光が書類を包む。

「完了です。まず手付けをお支払いしますが、今でよろしいでしょうか？」

「いや、馬車の確保を確認してからで構わない」

「承知しました。お待ちしております」

これで依頼は完了かな。

「ユイさん、馬車の確認をしましょう」

「はい。ありがとうございます」

対応してくれた男性職員にペコリ。向こうもペコリ。

リーダーさんに連れられ、再び商人ギルドの窓口に。さっきとは別の人になっている。若い女性だ。

「先ほどは失礼致しました」

頭を下げる女性。でも、この女性は悪くないからね。

「いいですよ。あの馬車は？」

「はい。まず、四名様ですね。三台空きがありますが、明日以降の出発ならCランク、Aランクの馬車が準備できます。料金はかかりますが、明明後日（しあさって）なら少し大型のSランクがございます」

「Sで」

私は即決。揺れないからね。母の体のためだ。

「大型なので、かなりお値段張りますよ？」

「構いません」

「はい、では、アルブレンまででしたら四百八十万です」

わあ、結構な額になるが、しかし、致し方ない。なるほど、引っ越しが困難なのはこれか。特許売れて良かった。

「馬はどうされます？」

「馬は別料金ですか？」

まだかかるの？

「冒険者パーティが乗る馬です」

あ、そうだよね。

「駅者台につめれば三人は乗れますが。残りのメンバーの移動をどうするかです」

「大型ですよね、何人乗れます？」

確か、『鷹の目』さん達は合計六人だったはず。

「人が乗るスペースはゆっくり四人乗れます。荷台なら四、五人乗れます」

「ユイさん、俺達は荷台で十分です」

リーダーさんが言ってくれるが、そうはいかない。

「荷台って、馬車の上ですよね。ダメですよ、危ないですし」

落ちたら大ケガだよ。

「この馬車は荷台が後ろにありますので大丈夫ですよ。Sランクなので、揺れませんから、荷物を置いても大丈夫かと」

受付女性が説明してくれる。ワンボックスカーかキャンピングカーみたいなものか。

なんでもSランクの馬車は、もともとは怪我人や割れ物を運んだりするのが主だったらしい。なので馬車全体が揺れない。しかし、剝き出しの板張りに座らせるわけにはいかない。クッションの準備をしなくては。

「リーダーさん、荷物はアイテムボックスに入れますから、ゆっくり座ってくださいね」

「ありがとうございます、ユイさん」

では、その四百八十万の馬車にしよう。晃太に視線を送ると、よか、みたいな頷きあり。よし。

「そのSランクでお願いします」

「承知しました。では、貸し出し書類です。馬車は、宿場の町にギルドがあれば無料で預かってくれますので、その際はこの木札をお出しください」

書類を書いて、ちくっとな。毎回これかな？　血糖値測定みたいだよ。木札を受け取る。

でも、馬車の確保ができた。これでユリアレーナまでの移動はなんとかなりそう。良かった。

手続きを終えて、サブリーダーのチュアンさんを待つ。晃太は先に帰ってもらう。宿の延長手続きと、両親への経緯の説明のために。

待っている間、壁に貼ってある紙についてリーダーさんに聞いてみる。

「あれは、依頼の紙ですか？」

「そうです。右からランクが低く、左に向かうにつれて高くなります」

「へえ、ランクですか」

冒険者に限らず、ギルドにはランクがある。ランクの名称や基準はそれぞれの部署で違うらしいが、冒険者ギルドはSSS〜H。ランクによっていろいろ制約があると。ふーん。まあ、私には関係ないかな、いくらなんでも冒険者なんて無理だ。リーダーさんはCランク。中堅だと。父なら職人ギルドに登録できるかも。私はユリアレーナに着いたら、一般的な身分証でいいかな？　役場で手続きするそれは、そこそこ費用がかかるらしい。

……勤め先、見つかるかな？　しばらくは特許のお金で生活できるけど。うーん、移動でかなり使ったし。うーん。悩んでいると、買い取り窓口発見。あ、こんな時のためのディレックス商品、ぺんたごん商品、ざ、日本製。

「あのリーダーさん、買い取り窓口に行ってきてもいいですか？　確認だけなのですぐに戻ります」

「大丈夫ですよ、確認だけですから」

「構いませんよ。一緒に行きましょう」

私は買い取り窓口に。

「すみません。買い取りのご相談をしたいのですが」

座っていたのは、結構な年の男性。

「はい。どういったものでしょう？」

「蜂蜜と布、糸や針です。買い取りは可能ですか？」

ワインもあるが、様子見のために封印。蜂蜜と言ったところで年配男性の目がきらり。

「はい、査定いたしますよ。品物は？」

「今は持っていません。あとで持ってきますが、査定に事前の予約は必要ですか？」

いきなり査定して、お金ちょうだいはダメよね。それにすべて晃太のアイテムボックス内だし。

「朝から夕方までなら予約は不要です。混んでいなければすぐに査定できます」

「なら、夕方までに伺います。間に合わなければ、明日来ます」

「では、お名前を伺ってもよろしいでしょうか？」

「水澤です」

「はい、ミズサワ様ですね。お待ちしております」

高く売れるといいなあ。にこり、と笑う年配男性に見送られ、リーダーさんのもとに。

「大丈夫でした？」

「はい、丁寧に対応してもらいました」

話していると、エマちゃんとスキンヘッドさんが来る。あ、チュアンさんね。うん、ごつい。デカイ。

「紹介します。サブリーダーのチュアンです。ヒーラーです」

「ヒーラー？」

え、ヒーラーってあれよね。僧侶的な、高い帽子にローブ的な。あ、違うのね。私の異世界感、ファンタジーの思い込みを押し付けたらダメよね。しかし、ごつい、ムキムキよ。なんか、拳で粉砕しそうよ。まさか、怪我も気合いで治す、なんて言わないよね。

「は、はじめまして、水澤です。よろしくお願いします」

「チュアンです。よろしくお願いします」

紳士的に返事をしてくれる。

「エマ、宿に戻れ」

「え、私も行きたい。小型犬見たい」

「こら、エマ」

ピシャリとリーダーさん。ぶうっ、としつつも、しぶしぶエマちゃんは頷く。

「ユイさん、またね」

「うん、エマちゃん、気をつけて帰ってね」

「うん」

バイバイと手を振ってエマちゃんはギルドを出ていく。

「すみません、ユイさん」

「いいですよ、かわいいじゃないですか」

そう言うと、リーダーさんは少し嬉しそう。

「エマは姪なんです。ついつい甘やかしてしまって」

「そうなんですか。でも、普通ですよね。かわいい姪をかわいがるって」

「そうですかね？」

「私はそう思いますよ。私、従姉(いとこ)の子供でも、かわいいと思いますもん」

今年から小学生のかわいい従姉(いとこ)の女の子。優衣姉ちゃんって呼んでくれて、よくおんぶをせがまれた。もうあの子に会えないとなると、すごくさみしい。私は軽く頭を振る。

「では、宿に向かいましょう。花は、あ、小型犬の名前です、はじめは吠えますけど、気にしないでください。人見知りなので」

「分かりました」

私はリーダーさんとチュアンさんと宿に向かう。

「ただいま」

ドアを開ける前から、花の吠える声がする。ドアを開けると、ちょろっと出てきた。いつもならお腹を出して尻尾をパタパタするけど、今日は吠えながら後ずさる。

「すみません。うるさくて」

「構いません。小さいですね」

リーダーさんが花を見て笑う。後ずさる花をなんとか抱き上げて、宿の中に。腕の中でもぞもぞ動く花、見慣れない人に怯えつつも興味津々で首を二人に向けている。

「どうぞ」

「失礼します」

リーダーさんとチュアンさんを中に案内する。花があまりにも動くので、晃太にパス。晃太は口を尖らせて破顔する。父と母がダイニングテーブルから立ち上がり挨拶をした。

「どうぞ、お座りください。この度はありがとうございます」

父が頭を下げる。母はお茶を出す。

「いいえ、相場より高い額で依頼してもらいましたから。ご依頼を受けました、『鷹の目』のリーダー、ホークです。こちらはサブリーダーのチュアン。まず、目的地のアルブレンまでの行程の確認からよろしいでしょうか？」

「はい」

リーダーさんはテーブルに年季の入った地図を広げる。

「今はここです。まず、街道を北東に進みマーランの首都まで約二週間です。宿場は五ヶ所。それ以外は街道沿いにある魔除けの結界石のある場所で野営します。結界石や宿場は素通りせずに泊まりますがよろしいでしょうか？　無理に進むと次にたどり着けない可能性がありますので」

「お任せします」

リーダーさんの説明に父は頷く。結界石についてはディードリアンさんから聞いている。大昔に設置された魔物避けの石で、いまでも原理は分かっていない。魔物避けの効果があることだけは分かっている。完全ではないが。現在の街道はこの結界石をなぞるように作られたと。

「マーランの首都からユリアレーナの国境の街アルブレンまでは約一ヶ月です。宿場は十ヶ所。東にこのように向かいます。よろしいでしょうか？」

「はい」

それから食費や宿場代の話になる。こちらがすべて持つつもりだったが、さすがに受け取れないと断られた。結局、朝ご飯はこちらが提供。昼、夕は一品提供。宿場代はそれぞれが持つことに。

「なんだか、してもらいすぎな気がしますが」

リーダーさんとチュアンさんは遠慮しているが、母が食事に関しては譲らなかった。道中の冒険者の食事情を知り、自分達の護衛中は、できる限り食事の提供をしたいと言う。まだ成長期のエマちゃんの存在が大きいと思うけどね。

「では、明明後日（しあさって）の朝、ギルドの前でお待ちしております」

丁寧に挨拶をしたリーダーさんとチュアンさんを、私達は見送る。

最後の最後まで、花はクンクン、ファンファン、キャンキャン。

「すみません。うるさくて」

「いいえ、でも、本当に小さいですね。これで成犬なんですか？」

「はい、成犬です。もうすぐ三歳です」

私は晃太に抱かれた花を撫でる。花は小さくないよ、ちょっとぽっちゃりなんだよ。わがままボディなんだよ。見たことないけど、こちらの犬は本当に大型なんだろうな。

「クンクン」

花は蜆（しじみ）みたいな目で、リーダーさんを見ている。首を引いたり伸ばしたりして、微妙に近づかない花に、リーダーさんは笑ってくれた。

「それでは明明後日（しあさって）」

「はい」

リーダーさんとチュアンさんを見送り、家族で今後必要な物品の確認をする。

「まず食器かね？　陶器の食器は気を使われるかもしれんし。木製がいいと思うんよね。あと、いくら揺れないからって、荷台ばい？　座布団はいるよね」

私が提案する。

「そうやな」

花を抱っこしている晃太が同意してくれる。

「ディレックスに木製の食器あった？」

母が花の首もとを、かいかいしながら聞いてくる。

「いや、見たことないね」

「じゃあ、ここで手に入れんといけんね」

母と鑑定持ちの父が食器や食料を買いに行くことに。晃太は花と留守番。私はディレックスでお買い物。買い取りしてもらえるはずの蜂蜜、そしてメープルシロップ。こちらでもメープルシロップみたいのがあるのはチェック済み。高級嗜好品だった。あとは食料品、座布団、座椅子を探す。クッションが一個しかない、残念。かごに入れて制限時間ギリギリで出る。ふう、良かった。ルームの中から外を見る。晃太と花しかいない。私は買い物袋を下げて、ルームを出る。

「クンクン」

花がルームから出てきた私の足下に、お尻を下げて尻尾パタパタ。

「なんね花ちゃん、さっきまでおったやん」

私が首もとを撫でると、お腹を出して激しく尻尾パタパタ。私の手を甘噛みする。かわいいかあ。花はちょっと出かけただけでも、帰ってくるとこのパタパタで出迎えてくれる。かわいいかあ。私の撫で撫でに満足したのか、花は私の下げていたビニール袋に顔を突っ込んでいる。

「姉ちゃん、大丈夫ね？」

「大丈夫よ。でも、ちょっと休まんと」

『異世界への扉』を使うには、私の魔力が必要だ。一度、続けて入ったらどうなるか試してみた。母は反対したけどね。父の鑑定を使って、私の魔力残量に注意してディレックスとぺんたごんに続けて行った。一度出たらリセットされるかな？　なんて思ってたけど、考えが甘かった。ディレックスで消費した魔力が、続けて入ったぺんたごんにも影響し、時間が短かった。時間をおいて、魔力が回復してから改めてぺんたごんに入ると、満タン時の時間だった。やはり魔力残量が『異世界への扉』の向こうに滞在できる時間なんだ。あとは『ルーム』のレベルが上がると、時間も長くなる。

晃太がビニール袋をダイニングテーブルの上に置き、品物を出し始める。

「うん、そのクッションだけやった。ないよかよかろう？　晃太、瓶出して。蜂蜜入れるけん」

「座布団なかったん？」

「分かった」

晃太はアイテムボックスから、瓶を取り出す。ぺんたごんで手に入れたハーバリウムの瓶だ。百ミリリットルの、丸と六角の瓶。母の浄化魔法で消毒済み。丸には蜂蜜、六角にはメープルシロップを、同じ量になるように慎重に入れる。足下には後ろ脚で立ち、ゴボウみたいな尻尾を振って必死にすがりつく花。美味しい匂いがするんだろうけど、あげられない。

「ちょっと待ちいね、花ちゃん」

蜂蜜とメープルシロップを瓶に入れ終え、晃太のアイテムボックスに仕舞う。残りを片付けて、でれでれと花を抱き上げる。ああ、やっぱり花は天使や、癒しや、かわいいかあ。ペロペロ舐められながら、私は頬擦り。うふふ、やっぱり重かあ。お腹、たぷたぷしてるよ。まあ、これがかわいいかあ。しばらく晃太とでれでれと撫でる。ソファで抱っこしていると、膝の上で花はおねむモードに。このままだと足が痺れそう。まあ、いいか、かわいいかあ。私と晃太もうつらうつらし始めた。

その後、母と父が帰宅。花がパタパタお出迎え。

「食器あったん？」

花を撫でる母に聞くと、とりあえず揃ったと言われた。カップにお椀型のスープ皿、普通の皿。スプーンにフォーク。たくさん買ったので店主がお玉をおまけにくれたらしい。

私は晃太とともにギルドへ。蜂蜜などの買い取りのためだ。

高く売れるといいなあ。必要経費とはいえ、馬車や護衛に結構使ったし。窓口には、あの年配男性が座っている。私を見て、にこり。

「すみません。先ほどお話ししました水澤です」

「お待ちしておりました。では、早速見せていただいてもよろしいでしょうか？」

「はい。晃太、出して」

「ん」

晃太はまず蜂蜜とメープルシロップを一本ずつ出す。年配男性の目がきらり。

「これは素晴らしい、これですべてですか？」

「いいえ、まだ少しあります」

目がきらり、きらり。

「良かったら、奥の部屋でじっくり見せていただきたいのですが」

私はちらっと晃太に視線を送る。晃太が口を開く。

「ここでは査定できない、ということですか？」

「かなり品質がよろしいので、落ち着いた場所で査定しまして、できるだけの額で買い取りさせていただきたいのです」

なら、いいかな。それにここはギルド内。先ほどの馬車についての騒ぎも知っているだろうから、変なことにはならないだろう。晃太とアイコンタクト。

「でしたら」

私と晃太は綺麗な応接間に案内され、促(うなが)されてソファに座る。対面に年配男性。

「ご紹介が遅くなりました。私は買い取り部門責任者のボナと申します」

あ、えらい人なのか。二人でペコリ。

「私が査定をさせていただきます。確か、針や布、糸もあるとおっしゃってましたね」

さすが、覚えている。

「姉ちゃん、どれ出す？」

「そうやね。まず刺繍糸をこれくらい。針はこれくらい。布は麻の赤とモスグリーン、水色、あとは白」

私の指で刺繍糸と針の割合を示し、晃太がそれに従いアイテムボックスから出す。

「蜂蜜とメープルシロップは？」

私は人差し指、中指、薬指で示す。晃太はそれぞれ三本ずつ出す。

「では、査定させていただきます」

ボナさんは、まず蜂蜜の瓶を手に取る。小さな片目のメガネをはめて、本格的だ。

「なんと素晴らしい瓶ですな」

「瓶？」

「ええ、まじり気がなく、気泡もなく、これだけの均一性。蓋もしっかり閉まるようになっており、しかもガラスも薄い。なかなかお目にかかることができない逸品です。もちろん蜂蜜もこちらのメープルシロップも素晴らしい。ぜひ、買い取りさせていただきたいです」

まさか、瓶が高評価とは。いくらだったっけ、たぶん百円くらいだったはず。

「まず、蜂蜜、メープルシロップは瓶ごとの買い取りでよろしいでしょうか？」

「あ、はい。お願いします」

ギルドに買い取りをしてもらうために、父に鑑定をしてもらった。買い取り最低額は確認してある。これ以下なら売るつもりはない。

「まず、蜂蜜ですね。一瓶一万、いえ、一万二千G（ゴールド）でいかがでしょう？」

……え、倍以上になったよ。父の鑑定では、一瓶五千くらいなのに。まさか瓶の値段？

私と晃太は顔を見合わせる。

「なんと、不足でしょうか？　では、一万三千、これ以上は……」

「あ、いえ、お願いします」

私は蜂蜜を押し出す。ボナさんは目を細める。

「まだ、お持ちではありませんか？」

「同じ額で買い取りしていただけるのなら」

「もちろんでございます。では、次にメープルシロップですが、二万でいかがでしょう？」

「え、蜂蜜より高かあ」

晃太が声を上げ、ボナさんは微笑む。鑑定では、買い取り額は蜂蜜の方が高かったのに。

「事情がありましてね。おそらくこれからメープルシロップは高騰しますから」

「事情？」

「ええ、ご存じありません？　ディレナスで起きた厄災を」

厄災？　なにそれ？　うわあ、嫌な予感。晃太を見ると口をへの字にしている。私と同じで嫌な予感がするのだろう。

「馬車で移動していて昨日ここに着いたばかりなので、ちょっと情勢が分からないんです。良かったら教えてもらえませんか？」

聞いておかないと後々面倒になるかもしれない。やはり情報って大事だし。

「はい、もちろんですよ。今から十日前にディレナス最大の薬草園と、その周辺の魔の森に火災が起きましてね。それはひどい有り様でやっと鎮火し始めて」

そんなにひどい森林火災なんだ。

「火災もそうですが、とにかく煙害が酷く、魔の森の魔物達が外に逃げ出し、周辺の街や村が襲われるのも時間の問題。緊急事態なので、周辺諸国の冒険者ギルドに緊急クエストが来ています」

「緊急クエストって、このことでしたか」

「そうです。メープルシロップの産地がかなり被害を受けたようなので、買い取り価格を上乗せさせていただきました」

「その火災の原因って、分かっていないんですか？」

嫌な予感がひしひしとする。ディードリアンさんが言っていた。『聖女』のお披露目巡礼に、まず、ディレナス最大の薬草園に行くと。この薬草園は薬草だけでなく香辛料の栽培を行い、ディレナスの輸出品の大部分を占めていると。

「『聖女』ですよ、いや、『聖女』一家が起こした厄災です。まだ一部にしか知られていませんが」

私は血の気が引く。まさかとは思っていたけど、あのバカ華憐、なにをやらかしているんだ。周囲の人達はなにをしているんだろう。いや、そうじゃない。

「薬草園近くで『聖女』一家が魔法を使いたいと言い出して、簡単な初歩魔法だけなら、と魔法兵団長が言い聞かせていたのにもかかわらず、最上級破壊魔法を放ったそうです」

大地を焼き尽くし、草木も生えない不毛な大地に至らしめる、エルダーボルケーノ。

荒れ狂う雷を落とし破壊を撒き散らす、トライデント。

嵐を巻き起こし、命をすべて根絶やしにする、ゴッドブレス。

大地を引き裂き、育み続けた歴史すらも呑み込む、ギガアースクエイク。

それは一瞬で薬草園を、そして周囲の魔の森を焼き尽くし、引き裂き、破壊した。

「混乱の中、『聖女』だけが使える『聖女の奇跡』という魔法を使うよう指示したそうですが、肝心の『聖女』はその魔法が使えない。これだけの破壊魔法が使えるならせめて消火のために水魔法と、火の延焼を防ぐ魔法を、となっても誰もまったく使えない。それでこの大惨事です。しかも、負傷者の怪我も治せない」

ボナさんは息をつく。

「まあ、同行したギルド職員の話では、あの女は『聖女』とは言えないそうですが」

「どうしてギルドの人が同行したんですか？」

確か護衛の騎士団と身の回りの世話をするお城のメイドが付くと聞いていた。

「『聖女』の要望に応えるには、城のメイドだけでは手が足りず、ディレナス王家からの要請で何人ものギルド職員が同行していました。それで『聖女』情報が筒抜けなんですよ」

ボナさんは再び息を吐き出す。

「これは同行した職員からの情報です。『聖女』一家はとにかく品がない。ワガママ、自分勝手、そしてあばずれです」

あ、それは分かるよ。どうせ胸や足を派手に出すか、ずんだれた格好をしてたんだろう。高校時代も、卒業式まで着崩した制服で出ようとして華憐だけ閉め出されていた。あとはあばずれか。華憐の母親はいわゆる美魔女、華憐の妹は確か、読者モデルとの噂を聞いたことがある。ニートの弟は学生時代の友人とバカ騒ぎを起こし、警察沙汰になりかけたと。そして、この家族に共通しているのが、男ぐせ、女ぐせがとにかく悪い。どうせ行く先々でトラブルを起こしたんだろうな。

「最近、第一王子と『聖女』は男女の仲ということが分かりまして。父親の国王はもとより、王子の婚約者を出している侯爵家が許すはずはありませんよ」

華憐のことだ。婚約者がいると分かってて、わざと手を出したな。

「今、王家の信頼は失墜してます。なんせ『聖女』達の後見人として大々的にやってましたからね。ディレナス王家は基本は質素倹約にもかかわらず、かなりの金を『聖女』に注ぎ込んでいましたし。第一王子の実母である王妃の実家が『聖女』一家に使用した金額を国の予算に補填しましたが、それで収まるわけがありません。王都は暴動寸前ですよ。箝口令なんて役に立ちません。様々な者が見てますからね、『聖女』達が魔法を放つ瞬間を、そして救助作業を『汚い』と罵ったことを」

私は言葉が出ない。晃太も厳しい表情だ。晃太は普段、あまり憤りなどの感情は顔に出さない。それだけ怒っているんだろう。

「被害は、今もですか？」

私が聞くと、ボナさんは頷く。

「沈静化に向かってはいます。先日大雨が降ったことで、火はほぼ消えたそうですから。きっと雨の女神様が慈悲の涙を流されたのでしょう。今、詳しく被害状況を調査している段階ですが。ディレナスの財政は今後数十年は厳しいことになるでしょうね」

そこまで話してボナさんは席を立つ。他の職員から呼ばれたからだ。

「少し失礼します。すぐに戻りますからお待ちください」

「はい」

ボナさんを見送り、私は息を吐き出す。

これって、私のせいかなあ？　華憐達の性格は大体把握していた私が、ディレナスの人達に注意を伝えていれば、こんな大惨事にならなかったかもしれない。そう思うと、震えが来た。どうしよう、私のせいか？　私がもっとディードリアンさんを通して訴えておくべきだったのかな。

ボナさんは負傷者と言ったが、多分いるはずだ、死者が。震えが、来た。

「姉ちゃん」

口を押さえてうなだれる私に、晃太が口を開く。

「姉ちゃんのせいやないよ。どうせ、あんひとは姉ちゃんや他の人が注意しても、その破壊魔法を使ったよ。姉ちゃんが責任を感じる必要はなか」

晃太はきっぱり言う。

「そう、かね？」

「そうよ。うちらにはどうにもできんよ」

A市で起きた豪雨災害、K県で起きた地震。テレビから流れる映像を見て、安否を心配し、涙して、でもボランティアに行くだけの余裕も行動力もない。私ができたのはせいぜい募金くらいだ。買い物の時に、被災地の野菜や果物があったら手に取り、釣り銭を募金箱に入れるだけしかできない。たとえ、今ここでディレナスに戻ったとしても、私ができることなんて、たかが知れている。

父、母、花の顔が浮かぶ。今の生活や、これだけの品々を準備できるのは、時空神からもらったスキル『ルーム』があるからだ。だが、震えが来る。罪悪感だ。

「姉ちゃんのせいやなかよ」

晃太はもう一度言って、私の丸くなった背中をぽんぽんと叩いてくれる。

私は顔を上げようと、大きく息を吸う。

「そうかね？」

「そうよ、被害にあった人は気の毒やけど、わいらにはなんもできんよ。それどころか、わいらに責任押し付けて吊し上げられる。ディレナスには絶対に戻らん方がよか。はよ、ユリアレーナに行かんと。ディレナスとは正式な付き合いはないから、突き出されることはないやろうしな。ちゃんと向こうで生きんといかん」

確かに、今ここでディレナスに戻ったら、そうなるだろう。絶対に私達のせいにされるはずだ。

「こん世界には魔法がある。きっと治せる魔法を使える人はおる。ポーションだってあるやろう？姉ちゃん、抗生剤作ったんやから、それで助かる人やっておる」

「そう、かな？」

「そうよ」

「そうやな、ありがとう晃太」

私がしっかりせんと。父も母も、花も晃太も私が守らんと。私しか持っていない『ルーム』で。

私は背筋を伸ばす。

「よかよ。けど、美羅ちゃんは、父親に引き取られて本当に良かったなあ、あんひとに育てられたら碌なことにならんかったろうなあ」

美羅ちゃん。華憐が最初の結婚相手との間に産んだ女の子だ。今、いくつかな？　そういえば、美羅ちゃんの件があってから、華憐達の行動に拍車がかかったような気がする。学生時代だって人の彼氏にちょっかいかけていたけど、寝とるなんてしていなかったはずだ。私達家族が『美羅ちゃん事件』と呼ぶ一件。私達と華憐達との溝を決定的にした事件だ。ぶっちゃけ思い出したくない。

そう思っていると、ボナさんが戻ってくる。

「お待たせしました」

私と晃太は姿勢を正す。

「では、次に布の査定をさせていただきます。こちらも素晴らしい品ですね。これだけのきめの細かいものはなかなかお目にかかることはありませんし、そして染めの技術の素晴らしいこと」

ボナさんの査定が再開された。

晃太の言葉に随分心が軽くなったけど、それでも晴れない気持ちのまま、私はボナさんの査定を聞いた。


商人ってすごかなあ。

ボナさんの巧みな話術と人のいい笑顔で、晃太のアイテムボックスの中にある品のほとんどを放出してしまった。

「いやあ、素晴らしい品々ですな。蜂蜜も布もそうですが、この針と鋏(はさみ)の拵(こしら)えが特に素晴らしい」

ボナさんはほくほくとした笑顔を見せる。

「まだ、お持ちではありませんか?」

テーブル満載の蜂蜜や布の向こうで、更に笑みを深くするボナさん。

「もうありませんがな」

晃太がギブアップという顔。

「これ以上は両親に相談しないと」

私がやんわりお断りする。

「そうですか、確か出発は明明後日（しあさって）でしたね。それまでに取り引きさせていただきたいですな。ミズサワ様でしたら、私がすぐに対応致します。では、買い取り金額ですが」

蜂蜜　一万三千G（ゴールド）　三十五本
メープルシロップ　二万G（ゴールド）　三十本
麻　無地（十一色　十メートル）　四万G（ゴールド）　六十八枚
　ストライプ（七色　十メートル）　七万G（ゴールド）　二十九枚
　ギンガムチェック（五色　十メートル）　十万G（ゴールド）　十七枚
綿　無地（十三色　十メートル）　五万G（ゴールド）　七十五枚
　ストライプ（七色　十メートル）　八万五千G（ゴールド）　三十枚
　ギンガムチェック（四色　十メートル）　十一万G（ゴールド）　二十五枚
刺繍糸（三十八色）　千G（ゴールド）　三百五十八本
針　千八百G（ゴールド）　七十八本
鋏（はさみ）　七万八千G（ゴールド）　三本

通って良かったディレックス、ぺんたごん。

「しかし」

計算しながらボナさん。

「素晴らしいアイテムボックスの容量ですね。商人ならぜひ欲しいスキルですな」

「そうですね。運がよくちょっと大きいだけです。これ以上はありませんがね」

晃太は笑顔で答える。これ以上聞かないで、みたいな顔で。

「そうですか」

ボナさん、空気を読んでくれた。

「では、今から準備いたしますので、お待ちください」

「はい」

ボナさんが退室したのを確認し、私は肩の力を抜く。

「まだ、残っとる？」

「出さんかったワインと毛糸くらいや。でも、まあ、売れて良かったやん」

「そうやね。かなり馬車に使ったしね。ユリアレーナでの生活費もいるしね」

晃太はソファに背中を預ける。

「けどこれ以上出したら、変に怪しまれんかね？」

「そうやな。ちょっとこれ以上はやめとこうか。これでもかなり目立つことやしなあ」

私は山のような品々を眺める。購入額と比べて、おおむね生地は無地が七、八倍。ギンガムチェックは十倍以上になった。買い取り価格がこれなら、店頭に並ぶときはもっとするはず。

「お待たせしました」

ボナさんが、書類と上品な色合いの革袋を持ってくる。

「買い取り額のご確認をお願いします。蜂蜜は四十五万五千、メープルシロップは六十万、麻は合計六百四十五万、綿は九百五万、刺繍糸は三十五万八千、針は十四万四百、鋏（はさみ）は二十三万四千で、合計一千七百二十八万七千四百Ｇ（ゴールド）です。大金貨のお支払でよろしいでしょうか？」

予想してたけど、すごい額。大金貨一枚は金貨百枚分だ。私と晃太は顔を見合わせる。

「はい、大丈夫です」

「では、大金貨十七枚、金貨二十八枚、銀貨七枚、銅貨四枚です」

ボナさんが四種類の硬貨を並べる。

「はい、確かに」

「こちらにサインと」

ちくっとな。毎回これだよ、本日三回目。

ボナさんは硬貨を全部革袋に入れる。

「どうぞ」

「あの、袋は」

「どうぞ、こちらはサービスです。ところで」

人のいい笑みを浮かべるボナさん。次々に運び出される品々。

「これだけの品々、どこで入手されたか、野暮なことは聞きません。他になにがございますか？」

まだ言うかね、この人。

「これ以上は、両親と相談しないと」

私の返事に、ふふふ、と笑うボナさん。

「ぜひお取り引きさせていただきたいですな」

「はあ」

「なにかサービスしてくれます？」

気のない返事の私。晃太は肩をすくめながら言う。

「サービスでございますか？　そうですね、更にお持ちいただけるのなら、馬を魔法馬にいたしましょう」

「魔法馬？」

私と晃太が「？」な顔をすると、ボナさんも「？」な顔。

「あ、すみません。私達、田舎から出てきて、あまりそういったことに詳しくなくて」

慌てて私が言い訳。

「そうですか。魔法馬は通常の馬より頑丈で馬力、スタミナがあります。確か大型Sランクの馬車を借りるご予定でしたね。一頭で十分牽けますよ。もしもの時は、その脚力で逃げることも可能です」

そのもしもの時って知りたくないけど、やっぱり魔物とか盗賊とかだよね。あ、怖い。

「もし、向こうが馬でも？」

「うちの魔法馬は足が自慢ですからね。十分に逃げられますよ」

「そうですか」

どうする晃太？　アイコンタクトする。任せる、との返事あり。

「では、今日は一旦帰ります。明後日(あさって)に改めて伺います。ただ、蜂蜜や布はありません」

わずか数日で今日出した数は無理だ。今からディレックスやぺんたごんに通っても揃わないし、私の魔力が持たない。

「これだけの高い品質の品をお持ちでしたら、他のものもきっと素晴らしいのでしょうね。どういった品でしょうか？」

「ワインと毛糸です」

「ワインでございますか、それは楽しみですな」

ふふふ、なボナさん。

あまり目立ちたくない私達が、その旨を伝えると、ボナさんは理由も聞かずに頷いてくれた。

「承知致しました。商人ギルドはお客様の情報を漏らすことはありません」

良かった。

私と晃太はボナさんにギルドのカウンターまで見送られる。出口まで来られると目立つからね。

ギルドを出て、息をつく。

「なんとかなったなあ」

「そうやな」

「いろいろあったけどね」

ユリアレーナ行きの馬車がなくて、商人ギルドでたらい回しにされそうになって、リーダーさんが声をかけてくれて。指折り数える。指名依頼を出して、馬車を借りて、リーダーさんとサブリーダーさんとユリアレーナまでの行程確認をして、買い取りしてもらって、馬がグレードアップした。その間に聞いた、『聖女』の厄災。

短期間とはいえお世話になったディレナスの人達の顔が浮かぶ。

大丈夫だろうか、私達が残した手紙、ヒュルトさん見てくれたかな？　ディードリアンさん、イーリスさんになんの責任もないと書いたけど。おそらく今は華憐達が起こした森林火災でそれどころではないだろうけど。ぐるぐると答えのない思考の渦にはまりそうだ。

「姉ちゃん帰ろうや、花が待っとる」

黙ってしまった私に、晃太は静かに声をかける。いかんね、私がしっかりせんと。

「そうやな」

私と晃太は、両親と花が待つ宿に戻った。

両親に森林火災の話をすると、言葉を失っていた。ただ、ディレナスに戻る選択はしなかった。もともと『聖女』の華憐を呼び出したのは、ディレナスなのだ。お披露目するまでの間に、華憐達の性格をある程度把握できたはずだ。大体、なんで破壊魔法なんて教えたんだろう？　あの華憐だ、きっと軽い気持ちで使ったに違いない。どうなるかもよく考えないで。

宿に戻り、ソファで思考の海に沈む私に、父が晃太と同じことを言った。

「お前のせいやなか」

涙腺が緩みそうだった。その日の夜、私は夕食が喉を通らず、眠れなかった。


次の日、朝ご飯は私の好物のじゃがいもと卵の味噌汁、ハッシュドポテト、ソーセージ、昨日食べられなかったがめ煮が並んだ。母が、昨日私が食べなかったのを気にかけてくれたんだろう。私は多少の熱があっても食欲は落ちないから、余計に心配したのかもしれない。

「ほら、朝は一日の原動力よ」

母ががめ煮を器によそって私の前に。

確かに、これから移動の準備で忙しくなる。しっかりせんと。

感謝していただきます。

朝ご飯後、時間と魔力をチェックしながら、ディレックスとぺんたごんに出かける。

長い移動だ、食料がいる。『鷹の目』の皆さんの食事もあるから、気持ちを切り替えて私はせっせと通う。リーダーさん、おじやをかなり食べてたし、あのチュアンさんだって食べそう。確か、まだ若い男性と少年もいた。絶対に食べる。お腹が減って力が出ないじゃ困るしね。最終的には私達のためだ。


てってれってー。

【スキル　ルーム　レベルが8にアップしました。HP1000追加】

あ、レベルが上がった。よし、少しでも多く食料を手に入れないと。

このてってれってーは、私しか聞こえない。スキル保持者の特権かな？

私は『異世界への扉』を使い、両親は市場で食料を買い回り、晃太は花の世話をする。夜はルームで、母が主導で、食事作りだ。カセットコンロしかないので、母が火力火力と呟いている。

クッション、座布団も手に入り、食料もぼちぼち。ただ、一ヶ月半はもたない。途中馬車の中で『異世界への扉』を使うしかないか。正直、あんまり移動中には使用したくない。私が『異世界への扉』に入っている時は、まったく外の状況が分からないからだ。ないとは思いたいが、仮に盗賊とかに襲われたらきっと馬車の中を確認するはずだし、そんな時に私がいなかったらその理由を説明しないといけない。できればこのスキルは知られたくない。

高額で買い取りしてもらった品も再度購入。魔力を気にしながらだから大変だ。一度魔力を回復するポーションの購入を検討したが、一般人には販売されていなかった。作るのにそこそこ貴重な薬草が必要だし、手間もかかるらしい。手持ちの薬草でどうにかならないか父の鑑定に頼ってみたが、不可能と出た。他に必要な薬草があるんだろうな。別の手として、お菓子で魔力が回復することが判明したが、かなりの量を食べても二割くらいしか回復しないことが分かった。栄養ドリンクも十本単位だ。無理だ、私の胃が持たないし、体重が恐ろしいことになる。却下だ、却下。

「じゃあ行ってくるね」

『異世界の扉』で昨日一日買い物に回り、いろいろと準備しているうちに、もう出発前日。

私は晃太とギルドへ。ワインと毛糸の買い取りのために行く。馬をグレードアップしてくれたし、ボナさんが楽しみにしていたしね。

ギルドに向かうと、買い取り窓口にはボナさん。私達を見て、笑みを深くする。

「お待ちしておりました」

「買い取り、お願いします」

「では、こちらに」

ボナさんの案内で、前回と同じ応接室に。

「毛糸とワインですが、どちらから出しましょうか？」

「まず、毛糸を」

晃太にアイコンタクト。晃太はアイテムボックスから毛糸を出す。十玉入り、千円から二千円。綿百パーセントだ。毛糸やレース糸もせっせと出す。家族総出で帯を外し、中の紙を抜いた。

「おお、素晴らしいですね。均一性のある太さに、この染めの技術は素晴らしい」

ほくほく顔で、早速グラデーションの毛糸を手にするボナさん。

「もちろん、すべて買い取らせていただきます――こちらのレース糸は一玉、そうですね」

レース糸（単色　六色）　千四百G（ゴールド）　五百六十玉

レース糸（グラデーション　五色）　三千五百G（ゴールド）　四百十玉
毛糸（単色　七色）　千G（ゴールド）　六百八十玉
毛糸（グラデーション　五色）　三千G（ゴールド）　三百六十玉

グラデーションの額がすごい。二十倍くらいだ。

運び出される毛糸達。さすが信頼の日本製だね。

「では、次にワインを」

「はい。あの、私達ワインの味がよく分からないので、試飲してから買い取りの検討をお願いします」

私達はワインは嗜（たしな）まない。父と母はビール派、晃太は日本酒や焼酎、たまにビール、私はチューハイだ。こちらのワインの味も分からないし、買い取ってもらっても美味しくないと申し訳ないしね。

「よろしいのでしょうか？」

ボナさんが嬉しそう。

「構いません。お口に合わないと買っていただけませんしね」

晃太のアイテムボックスから四本のワインを出す。

千円くらいのフランスワイン、赤と白。地元のレストランが出している地元オリジナルワイン、赤と白、お値段四千円くらい。ラベルはすべて母の剥離（はくり）魔法で除去済み。

オープナーがないので、ボナさんが持ってきた。手際よく開けて、まず、フランスワインの赤の香りを確認。

「おお、ベリーのような豊潤な香り、素晴らしい。この白はフルーティな香りですな」

ボナさん絶賛。次々にワインを堪能している。

「どれも素晴らしい。こちらの赤と白は特に香り、味、すべてが素晴らしい。ぜひ、すべて買い取らせてください」

好評だ。特に地元ワインが。良かった、飲んだことないけど、地元が褒められた気分で嬉しい。

フランスワイン　赤　四千五百G（ゴールド）　十六本
フランスワイン　白　四千八百G（ゴールド）　十三本
地元ワイン　赤　一万八千G（ゴールド）　十二本
地元ワイン　白　二万G（ゴールド）　十八本

「もうありませんか？」

「これで全部です」

ボナさんが若干アルコールで血走った目で求めてくるが、ありません。晃太は引き気味で答える。

「ありませんが、試飲したワインは差し上げます。皆さんで仕事終わりにでも飲んでください」

私が言うと、ボナさんは嬉しそうにする。

「よろしいのでしょうか？」

「はい、馬も融通（ゆうずう）していただきましたし。私達はワインを飲まないから、残ってもしょうがありませんし」

「ありがとうございます。ミズサワ様にはまたのご利用を切に願います。では、準備してまいりますので」

　そそくさと、ワインを抱えて部屋を出るボナさん。よっぽど気に入ってくれたのかね。

　しばらくして、書類と革袋を持ってボナさんが戻ってくる。

「ご確認ください。毛糸はすべてで三百九十七万九千G（ゴールド）、ワインは七十一万四百G（ゴールド）、合計四百六十八万九千四百G（ゴールド）です。大金貨でよろしいでしょうか？」

「はい」

　並べられた硬貨を確認。はい、ちくっとな。

「またのご利用をお待ちしております」

　ボナさんにカウンターで見送られ、私達はギルドをあとにした。

　これでしばらく生活には困らないだろう。ユリアレーナの物価は分からないが、治安がよく、花も一緒に住める家を買うには十分な資金になるはず。いざとなれば、また、ギルドで買い取りしてもらおう。

　明日、やっと出発だ。

第五章　東へ

出発当日朝、早めに宿を出てギルドに向かう。花は母の抱っこ紐の中だ。アイテムボックスはあるが、最低限の荷物は手で持つ。

「おはようございます」

ボナさんがわざわざ出てきて、馬車に案内してくれた。

「でか」

思わず声が出る。魔法馬。確か馬力もスタミナあるって聞いたけど、デカイ。脚もたくましい。

「ばんえいの馬やね」

父がポツリ。花がわんわん。あ、そうそう、テレビでしか見たことないけど、それだ。

「この魔法馬はうちの魔法馬の中でも特に賢く、足が速く、護送の経験も豊富です。少々のことでは動じません」

「そうですか。あ、後ろの荷台を見てもいいですか？　置きたいものがあって」

「はい、どうぞ」

馬車はボックスカー以上小型バス以下の大きさ。

後ろの荷台も広くて、十分に四人は座れる。ただ、板張り。私と晃太は座布団とクッションを設置。

荷台から降りると、リーダーさん率いる『鷹の目』の皆さんがやってきた。

「遅くなりました」

慌ててリーダーさんが駆け寄ってくる。

「いいえ、私達が早く来ただけですから」

「ユイさん、おはよう」

「エマちゃん、おはよう。これからよろしくね」

「うん」

全員揃ったので、自己紹介だ。

「今回護衛を依頼しました、水澤です。家内の景子、娘の優衣、息子の晃太、これが花です。どうぞよろしくお願いします」

父がペコリ。私達もペコリ。花はプルプル。エマちゃんがかわいいと呟くが、いかんせん花は人見知りなので、しばらくはこんな感じだろう。

「今回、ご依頼を受けました『鷹の目』のリーダーのホークです」

リーダーさんが順番に紹介。

「サブリーダーのチュアン、ヒーラーです」

ヒーラーというよりは格闘家みたいなチュアンさん。

「魔法使いのマデリーン」

綺麗なお姉さんのマデリーンさん。杖にローブ。うん、私のイメージしている魔法使いだ。

「剣士のミゲル」

若い二十歳くらいの男性。腰には剣。

「見習いのエマとテオ」

エマちゃんと多分年が変わらないくらいの少年。二人とも腰にナイフ。あら、よく似てる。

「エマとテオは双子なんです」

「そうですか、ならテオ君はリーダーさんの甥っ子なんですね」

「そうです」

テオ君がペコリ。

「皆さんの荷物は？　それだけですか？」

リーダーさんが最低限の荷物しかない私達を見て聞いてくる。

「はい、アイテムボックスに入りましたから」

「そうですか」

それから駅者台(ぎょしゃだい)にリーダーさんとミゲル君。荷台に残りのメンバーが乗り込む。座布団とクッションに感激していた。

ボナさんに挨拶をして、私達は馬車の中に。ディレナスで乗ったSランクの馬車と内装は同じ感じだ。花が興奮して匂いを嗅(か)ぎ出す。

「では、出発します」

「お願いします」

駅者台からリーダーさんに声をかけられ、返事をする私。

ボナさんに見送られ、四百八十万Gもした馬車が進み出した。


馬車の旅は順調。やっぱり揺れないのが大きい。

一度緑の汚い小人が襲ってきたが、問題なく『鷹の目』の皆さんが撃退した。ゴブリンとな。映画では、もっとどす黒い感じだけど、とにかく気味悪い感じだ。忘れよう。母が怖かねえ、と花を抱きしめる。しかし、この魔法馬はボナさんが言うように優秀だ。まったく動じず、それどころか前脚で地面を蹴って威嚇までしたから。

そんなこんなで一週間。

「クンクン」

花もすっかり皆さんに慣れて、尻尾を振って寄っていく。

「ふふ、かわいいわ」

「かわいい、ハナちゃん、かわいい」

マデリーンさんが撫で、エマちゃんも撫でる。

男性陣にもなついて、手をはみはみ甘噛みしている。

「皆さん、朝ご飯ですよ」

「待ってました」

母の声にミゲル君とテオ君が飛び出してくる。

「こら、ミゲル、テオ」

「だってリーダー、ケイコさんのご飯めっちゃ美味しいもん」

「うんうん」

そう言われて、母は嬉しそうだ。

「たくさん食べてくださいね。朝は一日の原動力ですよ」

本日はおにぎりに厚焼き卵、ごまドレッシング付きの蒸し野菜、ソーセージ、キャベツとキノコの味噌汁、ウサギさんリンゴ。朝は気合いが入っている。お昼はインスタントのスープが多く、夕飯はちょっと手の込んだ一品だ。おにぎりの受けが心配だったが、好評だ。さすがコシヒカリ。こちらの世界でも米は食されているが、リゾットやパエリヤのようにして食べることが多いらしい。

「美味しい、ケイコお母さんのご飯美味しい」

エマちゃんがおにぎりを頬張り、テオ君はソーセージをぺろりと食べる。

「野菜が甘い、このソースうまっ」

「本当ね、いくらでも入るわ」

ミゲル君とマデリーンさんが蒸し野菜とごまドレッシングに感動している。チュアンさんは静かに味噌汁を食べてる。私達は交代で花を見ながら食べる。はじめに食べた父が花を抱えてうろうろしてる。当の花は必死にこちらに首を伸ばして蜆(しじみ)のような目で欲しいと訴える。一度隙を見て、テオ君の卵焼きを横から食べてしまってからこうして抱えるようにしている。

「皆さん。お茶は？」

「私、リンゴジュース」

「俺も」

「こら、エマ、テオ」

「いいんですよ、リーダーさんはどうされます？　リンゴかオレンジか、緑茶か紅茶ですよ」

私はあらかじめピッチャーに入れていたリンゴジュースをカップに注いで二人に渡す。

「あ、ありがとうございます。本当にいろいろしてもらって」

「私達が守ってもらってますからね、さ、どうぞ」

リーダーさんとチュアンさんは緑茶、マデリーンさんは紅茶、ミゲル君はオレンジジュースだ。

「リーダー、この依頼受けて正解だね」

ミゲル君がそう言いながらあっという間にオレンジジュースを飲み干す。

魔法馬はそこら辺の草を食べるが、朝は人参やキャベツ、リンゴをあげている。頑張ってもらわないといけないしね。


馬車の旅は順調。マーランの首都を目前にして、街道の端に私はなにか岩のようなものを発見。こんなに整備された街道になんで岩が……？　と思っていると、見えた。細く、干からびたような細い腕が。

岩に見えたのはマントみたいだ、その腕が抱えているのは、更に小さなマント。その小さなマントから、小さな手が見えた。二人分の小さな手。街道の端にうずくまっている。

「止まってッ、止まってくださいッ」

私は反射的に声を上げた。リーダーさんは、慌てて手綱を操(あやつ)りスピードを落とす。

「どうしたん？」

晃太が聞いてくる。父も、花を抱いた母もどうしたん？　と聞いてくる。

「道に人がうずくまっとる、多分、子供が二人おる」

私の言葉に驚いた顔をする。スピードが落ちた馬車から、私は飛び降りる。

「ユイさん、待ってっ」

リーダーさんの声がするが、申し訳ない、構っていられない。晃太も続いて飛び降りる。

私はまっすぐ、岩に見えたマントの人のもとへ。

「大丈夫ですか？」

息を切らして駆け寄る。

私の声に顔を上げたのは、干からびたような手をした老人だ。土などで汚れているし、臭(にお)いがきつい。でも、そんなこと言っていられない。老人は口を動かすが、声がかすれていてよくわからない。私はアイテムボックスから水を入れてあるピッチャーを出して、カップに移して渡す。

「どうぞ、飲んでください」

私はカップをもう二つ出して水を入れる。

「さあ、飲んでください」

干からびた手が抱えているのは、やはり子供だ。まだ、小学校低学年くらいの男児と女児だ。二人はカップを受け取ると、貪るように水を飲み干す。

水じゃなくて、スポーツ飲料を手に入れておけば良かった、しまった。

私は空になったカップにもう一度水を入れる。

すると、影がさした。晃太が自分のポンチョを広げて、日陰を作ろうとしている。

「親父、端ば持ってん」

「分かった」

父も来て、協力して日陰を作る。老人は水をなんとか飲み干し、もう一杯飲む。

「大丈夫ですか？　もう一杯」

「いえ、もう大丈夫です、ありがとうございます」

先ほどよりしっかりした声で答える老人。

私達の周りをリーダーさん達が警戒している。

二人の子供はおずおずとカップを差し出す。そうだ、リンゴジュースにしよう。私はリンゴジュースをカップに入れた。子供は一瞬戸惑うが、匂いを嗅いで一気に飲み干す。

「あ、甘い、甘い」

「甘ーい」

良かった、声が出た。

「どうしてこんなところに？」

私が老人に聞くと、老人は背後から枝を取り出す。

「これを取りに来たのですが、寄る年波に勝てずにこの様です。あなたに助けていただけなかったら、このまま干からびていました」

「どちらまで行かれます？」

「あそこです」

指差した先は城壁の外で、いくつものテントが張られている。

「なら、すぐそこですね、馬車に乗ってください。城門近くまで行くし」

リーダーさんが、ぎょっとした顔をする。

「いえ、ご厚意に甘えるわけには……」

「あそこまで、歩けます？　無理ではないですか？　さあ、乗ってください」

「ユイさん、ユイさん」

リーダーさんが、私の腕を引いて老人達から見えない位置まで移動する。

「なんですか？」

「ユイさん、危険ですよ」

「え、なにがですか？」

「あのですね」

リーダーさんの説明はこうだ。ああいった街道で人がうずくまっているのは、盗賊などの囮のことが多いらしい。私のように世間知らずや田舎の人間は騙されて身ぐるみはがされて、命を奪われる。もしくは追い剥ぎ。まるで無法地帯だ。

「あんな小さな子供がですか？」

「子供を使えば相手は油断します。子供とはいえ、武器を持って襲いますよ」

「うーん……」

本当なら怖いなあ。

「盗賊、います？」

「いや、警戒していますが、いないようです。首都に近いですしね。なにかあれば、警備の騎士団が出ます。しかし、危険です」

「うーん」

私は馬車の向こうを覗き見る。老人は二人の子供を抱えるように抱き寄せている。母が心配そうに声をかけて、花が抱っこ紐から顔を出して匂いを嗅いでいる。大丈夫のようだけど、どうしよう？　盗賊の囮や追い剥ぎなら困るが、もし違っていたらこのままにしておけない。

「ボディチェック、武器類を携帯していないか、確認できたら乗せたらダメですか？」

私の言葉にリーダーさんは肩を落とす。

「ユイさんは優しいですね」

「違いますよ、当たり前のことです。多分、大丈夫だと思うんです。このままあの人達を放っておいたら、ずっと後悔します」

これは単なる自己満足だ。だけど、どうしても、この思いを満たしたい。つい最近、ディレナスの『聖女』の厄災の話を聞いたから、余計に後悔したくないし、放っておけない。

「なら、荷台に乗せましょう。チュアンがいれば大丈夫でしょうから」

「あ、ありがとうございます」

私はリーダーさんと戻り、再び老人に馬車に乗るように伝える。

老人は遠慮していたが、最終的には二人の子供と荷台へ。リーダーさんが、チュアンさんとなにか話をしている。

駅者台（ぎょしゃだい）にリーダーさん、エマちゃん、テオ君が詰めて座る。

私は馬車の中で、盗賊や追い剥（は）ぎの件を家族に話す。

「はあ、怖かねえ」

母が花を抱き直して呟く。

「まあ、地球でもあり得ん話じゃなかね。日本の感覚やと危ないってことやね」

晃太は冷静だ。

「そうやな、今回は大丈夫やろうけど。次は気をつけんとな。護衛してくれとる皆さんにも迷惑かけるしな」

父の言葉にはっとなる。そうだ、もし襲ってきたら、リーダーさん達が対応することになる。危険を避けるために護衛を依頼しているのに、私が危険を招いてしまった。

そう思っていると、馬車が止まる。外を見ると城門前だ。馬車から降りる。荷台から老人と二人の子供が降りている。

「お世話になりました。ご恩は忘れません」

老人は深く頭を下げる。

「「ありがとうございました」」

男児と女児も頭を下げる。その拍子にフードから髪の毛がこぼれる。男児は黒髪、女児は金髪だ。

「いいえ、気をつけてくださいね」

「はい、あの、大したものでは、ありませんが、どうぞ受け取ってください」

そう言って、老人はマントの下から袋を出す。さっと、リーダーさんが私の前に立つ。

中から出てきたのは木製の腕輪が四つと指輪が一つだ。なかなか綺麗に作られていて、彫刻とかも凝(こ)った感じだ。

「これは？」

「私が作りました。安物ですが、気持ちです」

「受け取れませんよ。これ、売り物ですよね？」

きっとこの老人の収入源だ。先ほど見た枝は材料なのだろう。

「受け取ってほしいのです」

「でも」

お金を払うと言ったが、老人は首を横に振る。だが、私もタダではもらえない。押し問答の末に、食材を渡すことに。麻袋にこちらの世界で売っていた保存がきく黒パン、ディレックスで手に入れた黒糖パン、バゲット、リンゴ、オレンジをできるだけ入れて渡す。これだけあれば、数日もつはず。

「助けていただいた上にこんなにたくさん、ありがとうございます」

「いいんですよ、素敵な腕輪、ありがとうございます」

私は腕輪と指輪を受け取る。老人は麻袋を抱えて、片手で女児と手を繋ぎ、城壁の外に張られたテントに向かっていった。どこにでもあるんだな、貧富問題。私達は、時空神からもらった『ルーム』というスキルで、生活に関しては問題なく過ごせている。ユリアレーナまでの移動だって、はじめはどうなるかと思ったけど、どうにかなった。護衛の『鷹の目』の皆さんもいい人達だ。私達は恵まれているんだ。

「ユイさん、行きましょう」

リーダーさんが私に声をかける。

「はい、あの、ご迷惑をおかけしました」

私は、しゅんとなってリーダーさんに謝る。

「いいんですよ。皆さんを守るのが俺達の仕事ですから」

リーダーさんは笑ってくれた。

「ユイさん、優しいね」

エマちゃんも笑っている。ああ、この子も危険に晒(さら)したのか、私は。ダメだ、沈みそう。

私の様子に気がついたのか、リーダーさんはもう一度言ってくれる。

「俺達は、それが仕事です。気にしないでください。それに、俺達も後味の悪いことにならなくて済んだし。本当に行き倒れだったら俺達も後悔しましたしね」

「はい」

私はなんとか、気持ちを上げて、再び馬車に乗り込む。

リーダーさんが手綱を操り、進み出す。

私達を乗せた馬車は、マーランの首都、リラス・フラエルの城門を抜けた。


城門を抜ける際に、木札を見せる。この木札はギルドで見せると馬車を預かってもらえると言われて受け取ったものだが、仮の身分証みたいな役割もある。ただ、ぷるぷる震える花だけは珍しそうに見られた。城門の兵士さんが、ギルドの場所を教えてくれて、そのまま向かう。

なかなか賑わいのある街だ、さすが首都。石畳の道に、三、四階建ての建物が並び、人通りも多く活気に溢れている。あちこち露店もあって、果物やパンや野菜、串焼きなどを売っている。いい匂いや。

ギルドに到着。私とリーダーさんで商人ギルドの窓口に行き、木札を見せるとすぐに対応してくれた。一日の預かりのつもりだったが、商人ギルドの人から、明日は雨ですよと言われ、もう一日延ばすことに。

「明後日でよろしいですか？」

「はい。明後日の朝、ギルドの前で待っています」

ギルドを出ると、ちょうど馬車をギルド職員が預かっていた。

「お父さん、明日雨らしいけん、出発は明後日にしたけん。よか？」

「よかよ」

「リーダーさん、一日延びますが、また、お願いします」

「こちらこそ」

リーダーさん『鷹の目』の皆さんは宿に向かう。すでにチュアンさんが手配したようだ。

エマちゃんが、ちょっと寂しそうに言う。

「ケイコお母さんのご飯、明後日までお預け？」

「あら、嬉しかこと言うね」

母はニコニコしながら、エマちゃんの頭を撫でる。

「じゃあ、明後日、エマちゃんが好きなの作ろうかね。なんがよかね？」

「えっとね、ハンバーグがいいなあ」

「ずるいぞエマ、ケイコお母さん、俺、唐揚げがいいっ」

「こらっ、エマ、テオッ、すみません、食い意地が張ってて」

リーダーさんが慌てて謝ってくる。なんだか、見慣れた光景になってきたよ。微笑ましいなあ。

後ろでミゲル君も主張しようとして、チュアンさんに肩を掴まれ止められている。

「いいんですよ、こんなふうに言ってもらえると作りがいがありますからね」

母はニコニコだ。

「では。明後日、この場所で」

「はい」

宿に向かう『鷹の目』の皆さん。エマちゃんとテオ君は、母に手を振ってる。

「ユイさんもバイバイ」

私はついで？　まあ、いいか、かわいいからね。

「宿は？」

皆さんを見送ってから聞くと、晃太がうん、と頷く。

「この前みたいなのがあったんよ。花も大丈夫やし、風呂付き。ちょっと高かったけど」

宿泊案内所でも明日が雨らしいと聞いて、とりあえず二泊キープしたという。私は晃太と宿泊案内所へ。改めて二泊の手続きをする。締めて十万、食事なし。高いが仕方ない、我々は日本人なのだ。ルームにお風呂があれば、問題がないのだが、まだない。レベルが上がればオプションに追加されるかもしれない。今の『ルーム』レベルは8。まだ、先の話だ。レベルが10になれば、追加項目になるかも分からない。とにかくレベルを上げるために、『ルーム』を使わなくては。

案内所の人に木札をもらい、指定された宿に。宿のカウンターで木札を提出すると、若い男性が平屋の一軒家に案内してくれた。前回とあまり変わりなし。ちょっと居間が狭いかな。すぐに花のトイレとクッションを設置。

「優衣。来てすぐで悪かけど、ちょっと買い物してきちゃらんね」

「よかよ」

母がメモとペンを出し、書き出す。

「合挽き肉、かしわのもも、キノコ類、キャベツ、じゃがいも、蓮根、ピーマン、きゅうり、卵に、あ、果物と米もなかね。缶詰のコーンとツナ、ウインナーとハム。パンもね。サンドイッチとホットドッグにするけん」

「姉ちゃん、わい、納豆食べたか」

「分かった。お父さんは？」

「刺身が食べたか」

「ん、分かった」

私はルームを開けて、ディレックスでお買い物。滞在可能時間も十六分になった。カートを押しながら、メモ片手に回る。野菜、果物を入れる。刺身はサーモンとイサキしかない。父は鰺や鰹、鰤が好きなんだけどね。納豆は私は食べないからよく分からない。三パックセットのをとりあえず入れる。パンコーナーで食パン、ロールパン、菓子パン、近くの乳製品コーナーでカフェオレ、無糖ヨーグルトも入れる。回るルートはあらかじめシミュレーションしているから、効率的に回ってお会計。

両手にずっしりビニール袋を下げて、ルームを出る。

花がおしりを下げてお出迎えしてくれる。撫でるとお腹を出して、パタパタ尻尾を振る。かわいかあ。ビニール袋は父と晃太が運んでくれる。袋から一旦出して、母のアイテムボックスへ。

夕食は作りおきの焼きそばだった。

お風呂に交代で入り、まったりしているうちに、今日、老人から貰った腕輪と指輪のことを思い出す。取り出して眺めていると、花が新しいおもちゃと勘違いして、激しく尻尾を振っている。

「違うったい、おもちゃやなかとよ」

晃太がでれでれと膝に抱く。

「綺麗な彫り物やね」

母も覗き込む。うん、流れるような曲線で、なかなか綺麗だ。色も微妙に入っている。青、赤、緑、ピンク。指輪は全色入っている。

「せっかくやし、はめるね？　全員分あるし。指輪は花のバンダナに結ぶかね」

なんとなく、青を父に、赤を母に、緑は自身のラッキーカラーだと言う晃太に、ピンクは私。指輪は花のバンダナの結び目にする。うちの家族はあまりアクセサリーはしない。父が腕時計、母は結婚指輪、私がたまにピアスくらいだけど。晃太は時計もしない。

「綺麗やね」

アクセサリーに興味のない、晃太も手に取る。みんなで腕輪をはめる。

【スキル覚醒　神への祈り　魔力回復ＳＳＳ　自己鑑定ＳＳＳ　アイテムボックスリストアップ
初心者特典・経験値五倍　経験値獲得時一部連動獲得】

はい？

いきなり耳に響いたのは、『ルーム』がレベルアップした時と同じ声だ。私だけが聞こえたわけではないようで、父も母も晃太も驚いている。

「なんか聞こえた？」

私が聞くと、全員頷く。

「なんか、スキルが覚醒とか、なんとか」

晃太が答える。母は気持ち悪かったのか、耳をトントンしている。

「でも、なんで急に？」

首を傾げると、ふと目に留まったのは、木製の腕輪だ。まさかね、まさかね。

「ねえ、お父さん、これば、鑑定してん」

私が半信半疑で言うと、じっと、父が腕輪を見る。

「なんかね、始祖神からの贈り物、最初に装着した者にのみスキルが与えられるって」

「え、それって、まさか」

あの老人、神様だったの？　え、嘘やろ。

私達は話し合った。

結果。

あの老人は神様ではなく、神様が遣わした天使とか使者的な人じゃないかと。もしくはこの腕輪や指輪をもらったあと、神様がこっそりスキルを付けてくれたのではないか。

私達みたいに異世界から来た人間の前に、この世界の神様がわざわざ姿を現すなんてことはないはず。きっと巻き込まれて召喚された私達と華憐達とのスキルの差が激しいから、くださったんじゃないかな？

私達の突出したスキルは、父の鑑定ＳＳＳと晃太のアイテムボックスＳＳＳ、母の多種類の生活魔法。異例なのは私の『ルーム』くらいだ。

華憐達には、基本的にはＳの鑑定、アイテムボックスがあり、攻撃系魔法が複数あった。こちらの世界では魔力が存在し、魔法が使える。ただ、母のように生活魔法を一～三種類持つくらいで、所謂攻撃魔法は使えても基本的に一種類。マデリーンさんのように魔法使いと呼ばれる人は、攻撃系魔法を二種類以上持つ人のことを言う。ただ、そういった人はかなり少ない。それに魔法にも得意不得意がある。人によっては発動することさえ難しく、火の魔法スキルがあっても、種火を出すのがやっとの人が多いらしい。

これ、ディードリアンさんからの受け売りです。

なので、華憐達はかなり優れた魔法スキルなんだろう。なんといっても最上級破壊魔法なんて、使ったのだから。

まあ、華憐達はどうでもいい。とにかく、いただけるのなら、いただこう。きっと、なにか意味があるはず、神様に感謝していただこう。

ルームに神棚を設置することも決定した。落ち着いてから父が手作りすることになった。

「ねえ、どんなスキルが付いたん？」

私が聞くと、家族がステータス画面を出す。

「えーっとわいのスキルはな」

晃太の新しいスキルはこうだ。

支援魔法（全属性　バフ・デバフ　E／SSS）　魔法発動時消費魔力減S　自己回復S　魔力回復S　自己鑑定SSS　アイテムボックスリストアップ　初心者特典・経験値五倍　経験値獲得時一部連動獲得

「バ、バフ？」

母が聞きなれない言葉に困惑。

はい、父の最強スキル、鑑定SSS発動。父は老眼鏡を着けたり外したりしながら確認している。

「バフはかけた相手の基礎能力を一定時間底上げする。作用時間と効果はレベルに連動する。デバフはかけた相手の能力を下げる。これもバフと同様で、使用者のレベルで変わる」

母の頭に「？」が浮かぶ。

「つまり、例えば『鷹の目』の皆さんの筋力を上げたり、あの緑のあれの足を遅くしたりできるんだと思うよ」

私の説明で、やっと理解する母。

「そうなん。じゃあ、なにかあれば、皆さんの筋力上げたらいいんね」

「そうやね、戦いやすくなるし、ケガのリスクも下がるんやない」

「それは、すごかね。晃太、なにかあったら使うんよ」

「分かっと。まず、ちょっと練習は必要やね、姉ちゃん」

「自分で確認ばしてね」

こいつ、私にはじめに魔法かける気やったな。チッみたいな顔の晃太。

「お父さんはなんなん？」

「えーっとなあ」

感覚特化S　弓術（C／SSS）　スコープSSS　サーチS　自己回復S　魔力回復S　アイテムボックスリストアップ　初心者特典・経験値五倍　経験値獲得時一部連動獲得

何故、攻撃スキルがここで出る？

「お父さん、感覚特化って？」

「なんか、目と耳と鼻が良くなるって」

「良かったやん」

父は老眼が進み、今の老眼鏡も微妙に合っていなくて、新調する予定だったし、鼻は子供の頃から悪いし、難聴の気配も出始めている。いいタイミングだ、神様に感謝だ。半世紀以上眼鏡生活の父は、裸眼に慣れないようで、しきりに眼鏡を着けたり外したりしている。弓術はおそらく、学生時代に弓道をしていたからかな？　こちらも半世紀ぶりのはず。

「腕が錆（さ）びついとるやろうなあ。おふくろは？」

身も蓋もない晃太が、でれでれと花の首をかいかいしながら、聞いている。

「スキル、スキル、と」

生活魔法（保温　加熱　冷却　癒着　遮断　追加）　自己回復S　魔力回復S　感覚特化（視力のみ）S　アイテムボックスリストアップ　初心者特典・経験値五倍　経験値獲得時一部連動獲得

「お母さん、もう台所いらんやないと？」

思わず私がぽろり。

「いいや、いる。システムキッチンがいる。コンロは三ついる。食器洗浄機もいる。冷蔵庫もいる」

お風呂、食器棚、ダイニングテーブル、洗浄機置き場、お風呂、エトセトラ。

お風呂二回も言ったよ。まあ、わかる気がするけどね。あと、母もやはり老眼鏡を着けたり外したりしている。

欲しいものを口に出し始める母を止めて、残りの気になるスキルを、父が鑑定。

自己回復や魔力回復は、文字どおり回復力アップだ。こちらの世界では、生命力や魔力の保有数値がわかる。基本の回復率は一時間一割。これにもランクはあり、Cくらいなら自然回復と差はないが、Bランクから回復率が上がる。Sは三割、SSSは五割、回復率が上乗せされると。

私のステータスも改めて見てみた。

スキル覚醒　神への祈り　魔力回復ＳＳＳ　自己鑑定ＳＳＳ　アイテムボックスリストアップ
初心者特典・経験値五倍　経験値獲得時一部連動獲得

魔力回復ＳＳＳがあるから、これでディレックスに時間をおかずに通える。今までは魔力が全快するのに十時間かかっていたけど、これなら二時間で全快になって行ける。

「神様、ありがとうございます」

「早急に神棚設置やね」

そうやな、と全員一致。

あと、自己鑑定ＳＳＳは、その名のとおり、自分の基礎能力を数値で見られる。

私の『神への祈り』は、神様へお願いしたら、叶うかも？　ただ内容次第で、魔力を相応に消費するよ、という神頼みみたいなスキルだ、しかも「？」が付いているから、ほぼ願掛けレベルだよ。

初心者特典は自身のレベルに作用するだけで、スキルレベルには関係なし。惜しい。『ルーム』のスキルレベルを上げたかった。期間は一年。

「そういえば、花は？　まさかとは思うけど、なにか付いとるね？」

お腹を出して寝ている花に、父が鑑定発動。

「世界最強防御って」

はい？

「えーっと、ありとあらゆる攻撃を防ぐ。たとえ、ドラゴンにはみはみ、ふみふみ、ふうふうされても大丈夫」

「言い方」

晃太が突っ込む。はみはみって、はみはみよね。ふみふみも分かるよ。ふうふうって、あのふうふう？　熱いものを食べる時にするふうふうだよね。たぶん、ドラゴンのふうふうはあれよね、火炎放射器みたいなやつよね。あれからも守れるの？

この世界に来て、私達の心配の種は花だった。人見知りの花はあまり遠くに行かないが、もし、誰も見てない時にいなくなった時に、あの緑のやつに捕まったらどうなるかと心配だった。

「このぽちゃぽちゃが、世界最強ね」

晃太は花のぽちゃぽちゃお腹を愛でる。私も撫でる。世界最強防御とはいえ、触り心地に変わりはないけど。

「「「神様、ありがとうございます」」」


「よいしょっと」

私は一杯品物を詰めたビニール袋を両手に下げ、ルームから出る。

「クンクン」

花がぱたぱたお出迎えしてくれる。

「優衣、大丈夫ね？」

母がまず、声をかけてきた。

「うん、大丈夫よ」

ビニール袋は父と晃太が運んでくれる。

「蜂蜜あったね？」

「うん、中国産とメキシコ産。休憩したらぺんたごんに行くね。ハーバリウムの瓶なかろう？」

「あと、丸瓶が二つやね」

「分かった」

魔力回復ＳＳＳを得てから頻繁に『異世界への扉』に通うことができている。ユリアレーナの国境の街アルブレンまで一ヶ月ある。このマーランの首都に到着するまでに、かなり食料を消費した。一番費やしたのは魔法馬だ。食べる食べる、野菜に果物を。足りないと嘶き始めた時には驚いた。でも、あと一ヶ月頑張ってもらわないとね。

高額買い取りとなった蜂蜜とメープルシロップは産地を問わずに手に入れ、ハーバリウムの瓶にリボンを巻いて区別できるようにした。国産は白、カナダ産は赤、メキシコ産は緑、中国産は黄色。こうすれば、瓶が丸でも六角でも大丈夫。

丸一日、ディレックスとぺんたごんを往復し、ルームで母と料理をする。料理の時は花は外だ。ルームの中には脚の低いテーブルしかないので、テーブルに飛びのられて大変だからだ。その間は父と晃太は花を見ながら、宿の脚の長いテーブルで、瓶に蜂蜜とメープルシロップを入れて、リボンを巻く作業をする。何故か綺麗にリボン結び。長さも合わせてる。こういったところはこだわりが強い二人。

出発前に、あの老人を探そうかなと思ったが、結局行かなかった。あのテントあたりは治安が悪そうで怖かったし、いるかどうかもわからないしね。

ギルドで『鷹の目』の皆さんと合流。花が高速で尻尾をぱたぱたして挨拶している。

エマちゃんとテオ君がニコニコでやってくる。今日の夕食は母特製蓮根ハンバーグと醤油漬け込み唐揚げよ。昨日フードプロセッサーで蓮根をすりおろしたからね。合挽きとすりおろした蓮根を一対一でまぜて、少し片栗粉を入れるのが、我が家のハンバーグなのだ。ふふ、柔らかいんだよ。

話を聞いた二人は更にニコニコだ。素直で、かわいいかあ。

厩舎から連れてこられた魔法馬が私達を見てなにかを必死に訴える。

「ブヒヒン、ブヒヒン」

もしかしたらと人参をあげるとあっという間に平らげる。さすが日本産。あまりにもいい食べっぷりで、ついつい何本もあげてしまったが、おかげで落ち着いてくれた。

駅者台にリーダーさん、ミゲル君が座る。

「では、出発します」

「よろしくお願いします」

リーダーさんに父が返事をする。馬車は城門を抜けて、東に進路をとって進み出した。

あと、一ヶ月だ。

馬車の旅は順調だ。皆さんよく食べる。

「やっぱり、ケイコお母さんのご飯美味しい」

「うんうん」

エマちゃんとテオ君がばくばく食べる。まだ、成長期だからね。

本日はトマト鍋だ。ウインナーに鶏肉、キャベツに人参、シメジ、玉ねぎ、じゃがいも、ズッキーニ、プチトマト。

「本当に美味しいわ。野菜がとても美味しい」

マデリーンさんにも好評だし、チュアンさんは無言だが味わって食べている。いつも食べる時に、丁寧にお祈りしている。

「ああ、旨い、これで酒があればなあ」

ミゲル君がポツリ。

「こら、ミゲル」

リーダーさんがピシャッ。ああ、確かにお酒が欲しいかもね、これならワインだよね。ビールは缶に入っているから、出せないし。護衛中だけど、運転するわけじゃないし、一杯くらいなら大丈夫かな。魔除けの結界石もあるし。でも、一応リーダーさんに確認かな。

「ワインありますよ。晃太、白と赤出してん」

料理が好評でニコニコの母が晃太に言うと、晃太はアイテムボックスに手を入れる。

「どっちの？」

「風の方ね」

「分かった」

風とは、地元のレストラン『ブドウの風』のことだ。商人ギルドの買い取り主任のボナさんに好評だったから、美味しいはず。

晃太がアイテムボックスからワインを出すと、慌ててリーダーさんが止めに入る。

「いただけませんよ、護衛中ですし」

「あ、やっぱりですか」

「ええ、リーダー、せっかくのワイン」

ミゲル君がアイテムボックスに戻っていくワインに、ああ〜、みたいな顔をするが、チュアンさんに肩を掴まれ沈黙。

「私も飲んでみたい」

「俺も」

エマちゃんとテオ君がちょっと物欲しそうな顔だが、ダメよ。

「まだ、エマちゃんとテオ君はダメよ。お酒は二十歳からね」

「え、なんで？」

エマちゃんが不思議そうだ。そうか、こちらの世界では十五で成人だったね。

「エマちゃん、お酒を飲んだことある？」

「ううん、ない」

「お酒はね、飲むと血行がよくなったり、ふらっとして気持ちがいいかもしれないけど、飲みすぎるとよくないの。気分が悪くなった人、見たことない？」

「ミゲルが次の日真っ青になってた」

「ばらすなよっ」

「二日酔いね。それはね、お酒に含まれるアルコールのせいだけど、エマちゃんとテオ君はね、まだ、そのアルコールを十分に体の中で処理できないの。だから、まだお酒はダメよ。二十歳まで待っててね」

　私の説明で、ちょっと考えるエマちゃん。

「分かった、私、二十歳まで我慢する」

「あ、俺も我慢する」

　エマちゃんの宣言にテオ君も同調する。うん、素直でよろしい。

「えらいわ、じゃあ、ご褒美あげましょうね」

「え、ご褒美？」

　色めき立つ双子。

「ちょっと待っててね。あ、そろそろ締めのリゾットができるから食べて待っててね」

　トマト鍋は具材がなくなり、母がリゾットを作っている。我が家はトマト鍋はしないが、親戚の家で食べた鍋が美味しかったので、今回再現したら大好評だった。最後はとろけるチーズを入れるだけ。

ワクワクした視線に見送られ、私は馬車に乗り込む。

内鍵を確認しダッシュでルームに。ディレックスのお菓子コーナーではなく、スイーツコーナー。種類も数も少ないが、仕方ない。四つ入ったシュークリーム、オーソドックスな三角形チーズケーキが二つ入ったケースと、丸い抹茶ケーキとブルーベリーレアチーズケーキが入ったケース。あとは、個別包装のシュークリームとエクレア、プリンが二種類、それぞれ一個ずつ。

ビニール袋を下げてルームに出る。木皿にシュークリームやケーキを並べる。うん、いろいろあるから『鷹の目』の皆さんに選んでもらえるね。プリンは、どうしよう？　ひっくり返すか？　いや、これは保留にしてと。

私は皿を持ちルームから出て、馬車の外に。

真っ先に反応したのは花だ。皿を持った私の膝に飛びかかる。

「クンクンッ」

「ダメよ、花」

「クウーン、クウーン」

必死に尻尾を振って蜆みたいな目で訴える花。ダメよダメ。

トマト鍋の締め、リゾットを食べている『鷹の目』の皆さんが、興味津々で私の持つ皿を見る。鍋のリゾットはほぼ空だ。エマちゃんとテオ君が、リゾットを食べきって私に駆け寄る。

「ユイさん、それなあに？」

二人とも、口の横にお米ついてますよ。皿を晃太に渡し、ハンカチで拭いてあげる。

「甘いお菓子よ。皆さんの分あるからね。一人一個よ一個」

「「はーい」」

「こらっ、エマ、テオッ」

リーダーさんの、こらっ、が飛ぶがお構いなしの双子。

「いいんですよ、さ、なにがいい？」

「ねえ、ユイさん、これは？」

エマちゃんが目を爛々（らんらん）とさせて聞いてきた。皿を持った晃太の足下で、必死にジャンプする花を、母が抱き上げる。

「これはね、シュークリーム。中にたっぷり甘いクリームが入っているから、飛び出さないよう気をつけて食べてね。これはチーズケーキ。ふわふわして柔らかくて甘いの。この緑はお茶を使ったケーキよ。ちょっと渋さもあるから大人向けかな？　この白いのはブルーベリーレアチーズケーキよ、中にブルーベリーのジャムが挟まっているから酸味があるけど、しっとりして甘いわ。エクレアは、この黒い、チョコレートっていうのが、ちょっと苦味のある甘さで、下のはシュークリームと同じよ、中にクリームが入っているからね」

ごくり、とエマちゃんとテオ君が生唾を呑む。散々悩んでエマちゃんがチーズケーキ、テオ君がシュークリームを選んだ。

「テオ、一口ちょうだい」

「分かってるよ、お前のも一口よこせよ」

うん、仲良し。小皿に移して渡すと、早速食べて目を見開く。

「甘いっ、甘いっ」

「美味しいっ、めちゃくちゃ甘いっ」

うん、かわいかあ。さてと、ミゲル君の熱視線が来てますからね。

「皆さんはどれにされます？」

「やったぁっ」

「あの、いただけませんよ、こんな高価なお菓子」

リーダーさんが慌てる。

「気にならないでください。実は安く譲ってもらったんですよ。まだありますからどうぞ」

私が笑顔で勧める。疲れた母が花を父にパス。うなぎのようにのたうち回る花は、クンクン、ファンファン。

「早く食べないと花が落ち着きませんし、ね」

「な、なら、いただきます」

リーダーさんは抹茶ケーキ、チュアンさんはブルーベリーレアチーズケーキ、マデリーンさんはチーズケーキ、ミゲル君はエクレアだ。

「旨い……」

リーダーさんが感動している。チュアンさんは噛み締めて噛み締めて食べてる。マデリーンさんは頬に手を当て、はあ、と色っぽいため息。ミゲル君は二口で終了し叫ぶ。

「リーダーッ、この依頼受けて正解だねッ」

　こちらでは、クリームや砂糖などをたっぷり使った甘味は高級品だ。クリームは貴重だし、砂糖も高級品、なにより保存方法がない。冷蔵庫みたいな魔道具があるが、こちらも高級品だし、時間停止のアイテムボックスはそこそこレアスキルだしね。

　そんなことを思っていると、ミゲル君がチュアンさんに一口と迫り、頭突きを食らって撃沈している。チュアンさん、いつもの穏やかさが消えて、一瞬殺気みたいのを感じたよ。倒れたミゲル君に、父の腕から逃れた花が駆け寄りペロペロ。チュアンさんは再び噛み締めて食べてる。そんなチュアンさんの足下に、ミゲル君をペロペロし終えた花が駆け寄る。母はお茶を淹れている、晃太は皿持ち。父はペロペロされたミゲル君に駆け寄る。私が花を追いかけるが間に合わない。

　花は素早くお座りをすると、チュアンさんに向かって前脚を交互に出して訴える。

「クンクン」

　前脚を必死に繰り出す花。花の必殺技、エアーお手、エアーおかわりだ。

　か、かわいかあ。かわいかあ。

　うちの花が覚えたのは、お手、おかわり、お座り、待て、だ。伏せはできなかった。だけど、このエアーお手とエアーおかわりは、自分で覚えたのだ。おやつのおねだりなんだが、はじめはあまりにかわいくて、ついついワンコのビスケットをあげすぎて、わがままボディに。はい、人間が悪いです。あれから、ビスケットは半分に割ったりしてるけど、わがままボディのままだ。

「まあ、かわいい、ハナちゃん、おねだりしてるのね」

マデリーンさんが気づいて、微笑んでいる。

食べ終わったエマちゃんとテオ君も、かわいいと言ってくれる。

「すみません」

私はエアーお手、エアーおかわりを繰り返す花を抱える。

「いいえ、大丈夫です」

「どうぞゆっくり食べてください」

私はチュアンさんに謝り馬車に乗り込み、ルームに入る。

プリンを食べたかったがやめる。時間が遅いから、今食べたら皮下脂肪行きだ。


そんなこんなで三週間。緑のやつらと、狼の魔物ウルフ（まったくかわいくない）が襲ってきたが、『鷹の目』の皆さんが問題なく撃退。晃太がデバフを使ってウルフの速度を落としたり、ゴブリンの筋力を下げたりしているが、私が戦闘しているわけじゃないから、効果のほどはよく分からない。まだ、ランクも低いしね。

本日の野営の結界石には、先客がいた。

行商の人のようだ。護衛の冒険者は五人、ムキムキの男性ばかりだ。

「挨拶したほうが、いいですよね？」

私が聞くと、リーダーさんが頷く。父と私とリーダーさんで、行商の人に挨拶に行く。

「あ、すみません、私達もこちらで野営しますが、よろしいでしょうか？」

父が声をかけると、ちょっとぽちゃっとした行商の男性は、にこやかに対応してくれる。

「もちろんですよ、どうぞ」

「ありがとうございます」

「こちらこそ。しかし、立派な魔法馬ですな。しかも小型犬も。久しぶりに拝見しました」

さすがに商人さん、分かったみたい。小型犬を見たことがあるなら、貴族と取り引きがあるんだね。

「魔法馬はギルドから借りたんです。花――小型犬は飼育放棄されて、私達が引き取っただけです」

「そうですか」

にこやかに笑う行商の人。

「ちょっと、人見知りで吠えますが、なるべく静かにさせますので」

「いいえ、お気になさらずに」

行商の人に頭を下げて戻る。リーダーさんは向こうの冒険者さんと挨拶してから戻ってくる。

「ミズサワのお父さん、ユイさん、リーダーッ、早く早くっ」

エマちゃんが手を振る。母が簡易テーブルに鍋とご飯の入った寿司桶を出している。鍋にはカレー、寿司桶には炊きたてご飯。おひつはディレックスにはなかったので、寿司桶で代用している。

我が家のカレー、シチューは私が担当。小学生の頃から作っている。具材は一緒、ルーが違うだけ。ちなみに我が家はチキンカレー派だ。うん、玉ねぎが崩れるくらい煮込んだし、安定の香り。いつもの倍量で作った。うちでは二、三日残るが、多分今日中になくなる。私がご飯係、母がカレー係、晃太が麦茶係、父は花。

「はい、どうぞ」

「「はーい」」

『鷹の目』の皆さんに行き渡る。リーダーさんとチュアンさん、ミゲル君は少し多め。

「おかわりありますからね」

私達はいただきます、『鷹の目』の皆さんはプラスしてお祈りしてから、パクリ。

「これはっ」

「旨い」

「香りもすごいけど、スープが美味しいわ。いくらでも入りそう」

「米にめっちゃ合う」

「「がつがつがつがつ」」

好評だ、良かった。私達も花を見ながら交代で食べる。

途中でエマちゃんとテオ君が空の皿を手に待っているのに、気づく、もう食べたの？

「おかわり？」

「「うん」」

かわいいかあ。シンクロしてる。

「同じくらい？」

「「うん」」

はいはい、そんなキラキラな目で見られたら、大盛りにしちゃるよ。私は二人の皿にカレーを盛る。

「あの、俺も」

ミゲル君も皿を出す。

「はい、どうぞ。リーダーさん、チュアンさんはおかわりどうですか？」

「あ、ありがとうございます」

「いただきます」

三人の皿にカレーを盛る。マデリーンさんはまだ残っていたが、声をかける。嬉しそうに頷くマデリーンさん。

「姉ちゃん、わいも」

「はいはい。同じくらいね？」

「ん」

晃太の皿にも盛る。いつもの倍作って良かった。『鷹の目』の皆さんの様子なら、まだ食べそうだ。まだ、鍋にはカレーが半分以上あるし、ご飯は炊きたて状態で母の時間停止のアイテムボックス内にたくさんある。

さて、私もカレーの続きを、とスプーンを持つと視線を感じた。振り返ると若い冒険者が二人、こちらを覗いている。あ、口に咥(くわ)えた黒いパンが落ちた。慌てて拾っている。

あ、カレーの匂いのせいかな？　確か、護衛中は硬い黒パンかビスケットしか食べないって聞いた。

「あの、良かったら少しいかがですか？」

私が声をかけると、若い冒険者の顔に笑みが浮かぶ。

「いいんですかっ？」

弾んだ声を出すが、直後、鈍い音が響く。

行商人の護衛冒険者パーティのリーダーさんが、げんこつを落とした音だ。

「いでっ」

「あっ、たあっ」

「すみません」

向こうのリーダーさんが、謝ってくる。短髪のガタイのいい人だ。

「いいえ」

げんこつを落とされた冒険者二人は、ものすごく名残惜しそうに見てる。なんだか涙が浮かびそうだよ。行商の人も興味深そうに見ているし、もう一人の若い行商人も涎を流さんばかりの表情だ。

旅は道連れ世は情け、だ。

「どうぞ」

向こうのリーダーさんと話して、カレーのお裾分けだ。向こうから人数分のお皿を預かり、小盛りのカレーを母と手分けしてよそって渡す。

「ありがとうございます、私達までいただいて」

ちょっとぽっちゃり行商の人も、嬉しそうに受け取る。

「いただきますっ」

一斉に食べる冒険者さん達。

「うまっ」

「なんだこれっ、めちゃくちゃ旨(うま)いっ」

好評だ、良かった。短髪のリーダーさんも目を見開いて食べている。

「いやあ、絶品ですね。初めて食べました」

ぽっちゃり行商の人も、スプーンが止まらない。

いつもの倍のカレーが空っぽだ。うんうん良かった。お腹も膨れて、皆さん笑顔だ。

同じ釜の飯を食べたら、もう知り合いだ。

食後、ぽっちゃり行商の人がにこやかに笑う。行商の人はパーカーさん。

「ユリアレーナに向かわれているんですか、我々もユリアレーナに帰る途中なんですよ」

「そうなんですか。私達は田舎から出てきたばかりで、ユリアレーナに移住しようとしてまして」

麦茶を飲みながら、ユリアレーナ情報を教えてもらう。ユリアレーナの中で住みやすい街はどこかと尋ねる。

「贔屓(ひいき)になりますが、私が店を出しているマーファの街ですね。昔は首都でしたが、今でも賑やかですよ。なんといってもユリアレーナ第二の都市で、ユリアレーナの台所と呼ばれていますから」

「台所？」

「ええ」

パーカーさんが麦茶を飲む。

「街の周りには畑が広がってます。豊かな畑で採れる野菜はみずみずしいですよ。馬車で半日ほどのところにある港町からは新鮮な魚介類が届きます、冬場は身が締まって美味しいですよ」

いいね、魚介類。

「それに、なによりマーファの誇るのが冷蔵庫ダンジョンです」

「冷蔵庫ダンジョン？　ダンジョンってあのダンジョン？」

ファンタジーのど定番、ダンジョン？

「まさか、街の中にあるんですか？」

「ええ、ありますよ」

私のイメージしているダンジョンは、洞穴(ほらあな)みたいな感じだったけど、実際は様々な形があるらしい。マーファのダンジョンは塔タイプ。

一階は子供でも入れる難易度で、スライムくらいしか出ないらしい。ただ、採れるのはハーブのみ。二階以上にウサギ系や鹿系、猪(いのしし)系の食べられる魔物が多く出る。下層、中層は革やお肉がドロップする。また、木も生い茂り、木の実や果物も採れる。うん、ジビエ料理だ。でも、食べるとなると、ちょっとなあ。魔物だしねえ。郷に入っては郷に従えかもしれないけど、抵抗がある。私は『異世界への扉』でディレックスでお肉や野菜が手に入るから、まだ、魔物のお肉を口にしたことはない。上層は牛系、ヤギ系の魔物が出てきて、なんと乳製品が出るという。乳製品がダンジョンから出るとは、不思議だね異世界。マーファのダンジョンから出る乳製品は高級品で、王家にも献上され、お貴族様やお金持ちがこぞって買うらしい。もちろん、品によっては一般庶民が口にできる機会もある。最上階近くは海とな、ファンタジー。

「なので、マーファは食料事情が豊かなんです」

「いいですね」

あと、パーカーさんによる住みたい街ランキングに入っているのは首都サエーキ、それから私達が向かっているアルブレン、そしてユリアレーナ北にある最強の辺境伯が治めるカルーラだ。

「どこもいい街ですよ。首都のサエーキはそれは賑やかです。美しい白亜の城は一度ご覧になるといいですよ。アルブレンは交易の要所で、様々な交易品を手にすることができます。カルーラはブドウの産地で上質なワインが有名です。治める辺境伯様配下の騎士団は、王都の騎士団にもひけをとりませんし、なにより要塞都市ですしね」

「ありがとうございます」

よし、あとで家族会議だ。

「ところでアルブレンまで行かれるなら、ご一緒しませんか？　この先は、魔の森も近い場所がありますし。冒険者パーティが二つあれば、安心です」

「そうですね。でも、私の一存では決められませんし」

私はリーダーさんに向き直る。

「リーダーさん、どうですか？」

「俺達は構いませんよ」

パーカーさんは、相手の短髪リーダーさんに向き直る。

「ロッシュさん、どうですか？」

「構いませんよ」

それからリーダーさん同士で護衛の話になる。

向こうの冒険者パーティは『山風（やまかぜ）』。リーダーさんは短髪のロッシュさん。彼は盾を背負っている。あとは、火魔法剣士シュタインさん、剣士のラーヴさん、先ほどカレーを覗き込んでいた槍士のマアデン君、弓士のハジェル君だ。もろ、力押しのパーティだね。『鷹の目』の皆さんも自己紹介済み。

カレーで気をよくしたのか、パーカーさんはいろいろ教えてくれる。

「私はマーファで仕立屋をしていましてね。もし、マーファにいらした時はぜひ寄ってください。街を案内しますよ」

「ええぜひ」

良かった、知り合いができた。

パーカーさんは、自身もテーラーで、奥さんも腕のいい針子さん。夫婦二人で小さな店を始め、今ではたくさんの針子さんを抱えるまでになった。針子さんは、この世界で女性が自立して食べていける、数少ない職。この世界には、既製品の服はない。基本オーダーか、お母さんの手作りか、古着だ。パーカーさんの店は高級店ではなく、一般の人が頑張れば買えるお店で、冒険者さん達の服も手掛けている。最近では、お貴族様やお金持ちの注文を受けることができるようになったらしい。

マーファには、冷蔵庫ダンジョンの影響か、高級なレストランがあるし、貴族達の別邸もある。人の出入りが多いし、貴族達が滞在するため、警備体制も整っていると。

「貴族からの注文といっても、まだ普段着や下働きのメイドの制服くらいですがね。採寸した時に小型犬を見ました。今回はマーランの北で布の見本市がありましてね、長男とともに一世一代の覚悟で行ったんです」

この世界の移動は危険を伴うし、お金がかかる。

もう一人の行商の人は、パーカーさんの長男さんのジョシュアさん。

馬車の中にはたくさんの反物が積まれている。

「しかし、お嬢さんのポンチョの縫製は素晴らしいですな」

「あ、これですか？」

さすがテーラーさん、お目が高い。母製です。ミシンです。

「これは母が作ったんです」

「おお、お母様はさぞかし素晴らしい腕なのですね」

話題に出た母は花を抱っこして撫でている。

「もし、困ったらパーカーさんのお店に勤めさせてもらえます？」

冗談まじりに言う母。

「もちろん、歓迎いたしますよ」

パーカーさんは満面の笑みを浮かべた。

こうして総勢十七人と一匹で、東のアルブレンに向かうこととなった。

アルブレンまでにある、最後の宿場に到着する。そこそこの宿場街で、小さいがギルドがあった。馬車を預かってもらう。

「では、明日の朝、ここで」

「はい」

「ユイさん、また明日」

「明日ね、エマちゃん」

『鷹の目』の皆さんを見送り、さて、私達も宿に向かおうとすると、パーカーさんの護衛の短髪リーダー――ロッシュさんが声をかけてきた。

「あの、食事、本当にいいんですか？　お言葉に甘えても」

「ええ、構いませんよ。むしろ貰いすぎだし。ね、お母さん」

花を抱っこ紐に抱えた母がにこっと頷く。

カレーをお裾分けした翌日――つまり今日の朝。ロッシュさん、パーカーさんはお金を私達に持ってきた。

「すみません、昨日はあまりの美味しさで忘れていました。受け取ってください」

と、母に渡したのは金貨四枚。ロッシュさんが三枚、パーカーさんは一枚。

「受け取れませんよ、こんな大金」

慌てて母が断る。確かにいつもの倍量で作ったし、いつも以上に具だくさんにしたけど、材料費は全部で銀貨三枚くらいだ。ご飯や調理費とか別でもさすがに受け取れません。

しかし、ロッシュさんもパーカーさんも譲らない。

「いいえ、受け取ってください。うちの若いもんがばくばく食べましたし」

「あれだけ香辛料を使った料理はきっと材料費がかかっているでしょう。私も息子もたくさんいただきましたし」

あ、カレーの香辛料か。でも、ディレックスで手に入れたものだから、こちらの高い香辛料は使っていない。

「昨日はこちらから話を持ちかけたんです。本当に気になさらないでください」

私も手を振っていらないと伝えたが、ロッシュさん、パーカーさんは諦めない。

結局、母が提案した。この宿場街からアルブレンまで、残り二泊三日の食事を提供することを。

『鷹の目』の皆さんと同じ食事で。

「これくらいしないと、私達が申し訳ないですから」

「ありがとうございます」

こうして食費として、金貨四枚を受け取ったのだ。

ロッシュさんと別れたあと、花も大丈夫な宿にチェックイン。まず、花のクッションとトイレを設置。

「優衣、来たばかりで悪かけど、買い物してきちゃらんね」

「うん、よかよ」

母がメモに書き出していく。

「米とパンは絶対やね。卵とハム、ソーセージ、野菜はとにかくいる。あ、お肉もね。ドレッシングに焼き肉のタレみたいなのがあればそれも。魚もできれば捌いてあるのがあったら、あ、マヨネーズも少なかけんそれもね」

「味噌は？」

「まだ、大丈夫や。果物とインスタントのスープも、ジュースもなか」

「分かった」

「姉ちゃん、わい、刺身あったら食べたか」

「分かった。お父さんは？」

「よかよ、重くなろうけん。次回でよかよ」

「分かった」

私はメモを受け取り、ルームへ。

てってれってー。
【スキル　ルームレベル9にアップしました。ＨＰ１０００追加】

上がった、久しぶりに上がった。
前のレベルアップから一ヶ月以上かかった。
私は壁の液晶画面を確認。

レベル　9
ＨＰ　46995
残金　19500
ルーム・スキル　パッシブ　換気　電気　上水道　下水道
　　　　　　　　アクティブ　清掃（ゴミ破棄　トイレ清掃）
異世界への扉　・ディレックス
　　　　　　　・手芸ショップ　ぺんたごん

よし、まずまずＨＰが貯まっている。ＨＰはレベルアップ以外でも、毎日使っていると地道に貯まっていく。これでレベルが10になってオプション追加になっても、なんとかなる。10になって追加される保証はないけどね。とにかく貯めておこう。
私はディレックスに入り、カートを押して回る。野菜や果物を入れる。鮮魚コーナーで刺身用に下ろされた鯵（あじ）があった。初めてそのまんまの鯛やハマチもあり、まさかね、と思いながら鱗（うろこ）取りと三枚下ろしの受付口に出すと、五分お待ちくださいと表示が出た。やったね。

その間に精肉コーナーで豚肉やかしわ、牛肉を取る。味付け肉の大パックもある。ハムとウインナー、ベーコンあり。ハッシュドポテト、冷凍食品のコロッケ、メンチカツも入れる。マヨネーズ、ケチャップ、焼き肉のタレ、生姜焼きのタレ、卵もある。お米は十キロ。下ろされた魚を受け取り、ジュースは……残念、リンゴジュースとブドウジュースしかない。炭酸はあるが、この世界の人に炭酸はきついかもしれないからやめておこう。水も二本入れてと。

あ、まずい、重いのばっかり。だが、仕方ない。腕にビニール袋が食い込む。気合いで持ち上げて、ルームに出る。うん、時間ギリギリ。ルームのドアを開けて、父と晃太を呼ぶ。だって重いし。

ビニール袋を運んでもらい、宿のテーブルに中身を出す。

「優衣、大丈夫ね？　重かったろう？」

「大丈夫よ、ちょっと休ませて」

「よかよ」

ギリギリで出たので、魔力がすっからかんだ。だるい、ソファに倒れるように座り込む。花が尻尾を振りながら、母の足にすがりついている。ねえ、花ちゃんや、お姉ちゃんを癒してよ。

「クウーン」

買ってきたものの匂いが気になるのね、まあ、しょうがないかあ。

魔力回復ＳＳＳのおかげで、ディレックスが閉まる前にもう一度行くことができた。

人数が増えたからとにかく通わなくては。お金ももらってしまったしね。金貨四枚、日本円で四万だ。しっかり食べていただこう。また緑の小人やかわいくないウルフが出てきたりしたら戦ってくれるのは彼らだ。お腹が減って力が出ない、なんてことにならないようにしないと。結果的には、私達のためだ。ルームの中で炊飯器、カセットコンロがフル稼働。夕食後は母とルームの中でサンドイッチやホットドッグ、おにぎり、卵焼き、ポトフ、味噌汁、お肉や野菜の下拵えをした。

「どうするん？」

「明日のお昼はポトフやね。夜はそうやね、生姜焼きと味付け肉にしようかね、レタスとトマト、ブロッコリー添えようかね」

「分かった」

私はせっせとパンにマヨネーズを塗って、ひたすらサンドイッチを作った。

「おはようございます」

次の日、『鷹の目』の皆さん、パーカーさん親子、『山風』の皆さんと合流。嘶く魔法馬に人参をあげると、パーカーさん達の馬達の視線が痛いほど向けられたので、一本ずつあげる。

「クンクン」

花がお尻を下げて、『鷹の目』の皆さんの手をはみはみ。

「かわいいですな」

パーカーさんも笑みを浮かべる。『山風』の皆さんも珍しそうに見るが、花はパーカーさん達には吠えてぷるぷる。

「花は人見知りなので、パーカーさん達にはしばらく吠えると思いますけど、気になさらないでください」

「そうですか、しかし、かわいいですね。娘にも見せたいです」

「マーファに行った時には、ぜひ」

「ええ、ぜひ」

パーカーさんは笑顔満開だ。

それぞれ馬車に乗り込む。私達の馬車が先頭だ。『山風』の皆さんは馬と馬車に分乗する。

「では、出発します」

「お願いします」

駁者台にはリーダーさんとマデリーンさんが座る。

順調にお昼を迎えて、昨日作ったポトフを出すと大好評。

「ケイコお母さんのご飯、なんでも美味しいっ」

「あつっ、人参ってこんなに甘いんだったら、俺いくらでも食べれる」

エマちゃんとテオ君はばくばく食べる。リーダーさん達も美味しそうに食べている。良かった。

「まじ旨いっ」

「腸詰め最高っ」

『山風』の皆さんにも大好評だ。良かった良かった。

「ありがとうございます、こんなにたくさんいただいて」

ロッシュさんもお礼を言ってくる。

「一昨日のスープも絶品でしたが、こちらは安心できる優しいお味ですな。ケイコさんの腕ならマーファでレストランを出しても大成功しますよ」

パーカーさんにも大好評だ。ディレックスで手に入れた、コンソメスープの素が入っているし、野菜もウインナーもあちらのものだからね。

しかし、レストランかあ。マーファは確か高級レストランが多いって言っていたけど、きっと激戦区だろうな。マーファの事情に詳しいパーカーさんのお墨付きがあるから、できないこともないだろうけど。

「お母さん、レストランだって」

「そうやねえ、ちょっと考えようかね。でも、花がおるけねえ」

「物件とかの問題あるしね」

父も言う。確かにまだ住む家も決まっていないし、マーファに住むことにもなってない。ちょっと先走りすぎかな。

「俺、通いますっ」

「常連になるっすっ」

『山風』のマアデン君とハジェル君が、元気よく手を上げる。

「リーダーッ、リーダーッ」

エマちゃんがリーダーさんの袖を引く。テオ君も反対の袖を引く。

「落ち着けエマ、テオ」

たしなめるリーダーさん。ミゲル君が熱視線を送るが、必死にスルーしている。

「レストランはそのうち考えます。とにかく落ち着いてから」

「ぜひ、マーファに来てください。私、職人ギルドに口利きしますよ」

「ありがとうございます」

大好評のポトフランチを終えて、再び出発。

もう少しで魔除けの結界石にたどり着くという時に、小さな耳鳴りがした。気にしない、すぐ治まるでしょ、と放っておくが治まらない。

「なんか、耳鳴りがする」

「え、晃太もね？」

晃太が耳をとんとんし始めた。

「え、お母さんも？　まさか、お父さんもやなかろうね？」

「いや、実はさっきから耳鳴りがしよるんよ」

なんだろう？　もしかしたら疲れが出たのかな？　もう少しで目的地のアルブレンだから、気が緩んだかな？

私も耳をとんとん。とんとん。

タスケテ
「は？」

私はとんとんを止める。

「ねえ、聞こえた？」

私が聞くと、父も母も晃太も驚いたように頷く。

「助けてって、女の人の声や」

晃太が答える、頷く父と母。

タスケテ
「聞こえた、今度は違う声やけど、別の女の人の声や」

私は駁者台で手綱を握るリーダーさんに声をかける。

「止まってくださいっ」

リーダーさんが驚いたようにこちらを見る。

「どうしました？」

「声がするんです。助けてって、声が聞こえるんです」

「はあ」

私は必死にリーダーさんに訴える。

リーダーさんは首を傾げる。どうやらリーダーさんには聞こえていないようだ。

「本当に聞こえるんですって」

私は繰り返す。

「はあ」

リーダーさんは困惑気味。自分は聞こえない声が聞こえるって、よく考えたら変だよね。その時は焦っていたけど、あとで思い返したら、なんだか変なことを言っていると思われても仕方ない。

タスケテ
やっぱり聞こえる。晃太が焦ったように言ってくる。

「姉ちゃん、さっきよか声が弱くなりようよ」

馬車から降りた父、抱っこ紐で花を抱えた母もあたりを見渡す。

「ユイさん、どうしたの？」

エマちゃんが心配そうに聞いてくる。どうやら、私達にしか聞こえないようだ。『鷹の目』の皆さんも、パーカーさん親子も、『山風』の皆さんも聞こえないようだ。なにを言っているの？　みたいな顔しているから。

タスケテ
だけど、聞こえる。空耳じゃない、明らかに弱り、今にも消え入りそうな、助けを呼ぶ声が。

私はあたりを見渡す。声の方向が分かればと、見渡すが分からない。

ここは、街道と魔の森が一番接近している場所だ。百メートル先には鬱蒼(うっそう)とした森が広がる。

どこから声が？

タスケテ
コドモヲタスケテ
「姉ちゃんっ、子供がおるよっ」

晃太が叫ぶ。

声は悲痛さを増している。一刻の猶予もない。

知らないふりなんてできない。

なんで私達にしか聞こえないのかは分からない、でも、助けを求められている。私達にしか聞こえない声で。きっと、なにかの意味がある。

声は森から聞こえる。私も父も母も晃太も、視線は魔の森だ。

私は、決断する。

「リーダーさん、先に結界石まで行ってください」

「ユイさん、どうするつもりですか？」

リーダーさんは表情を硬くする。

皆さんを巻き込むわけにはいかない。魔の森は入ったからってすぐに魔物と遭遇することはないが、危険な場所であることは間違いない。だけど、このままにはしておけない。

「声の主を探して助けます、私達にしか聞こえないのなら、私達にしかできないことがあるはずですから」

「ダメですユイさん」

私の視線の先に気がつき、硬い表情でリーダーさんが首を横に振る。

エマちゃんも心配そうに私を見ている。

「大丈夫です。先に行ってください。晃太、悪かけど、限界ギリギリまで、バフばかけて」

「え、よかけど、わい、人にはかけたことなかよ」

「そんなこと言っておれん、はよ、かけてん」

「ダメです、ダメですユイさん」

リーダーさんが私の腕を掴む。

「ダメです、魔の森ですよ。浅い場所とはいえ、一人で行かせるわけにはいきません」

しっかり私の腕を掴むリーダーさんの手に、私は手を添える。これは自己責任だ。とにかく、リーダーさん達には、家族を守ってもらわないといけない。

「大丈夫です。私には奥の手があります。リーダーさん、両親と弟と花をお願いします」

そう、私には『ルーム』がある。

真っ青な顔の父と母に、私は頷く。

「無理はせんけん、なにかあれば逃げるけん」

「優衣、一人で大丈夫ね？　せめてお父さんと行かんね？」

母が花を抱えて言う。

「いや、咄嗟（とっさ）に動くなら、一人がよか」

ルームを開けて、入れて、閉めて、の動作に時間がかかる。一人ならすぐに入れるはずだ。なにより晃太のバフも二つに分けるより、一つにかけた方が絶対にいいはず。

タスケテ、コドモヲタスケテ
ダレカタスケテ

「時間がなかっ、晃太っ」

魔力限界ギリギリにバフをかけたら、恐らく晃太は動けない。魔力がなくなると、とにかくだるいからだ。私は何度も経験している。

「分かった、姉ちゃんかけるばい」

「よかよ」

晃太は深呼吸して、両手を私に向かって突き出す。

「アップッ」

正式な呪文なんて分からないが、晃太は魔法スキルを得てから試行錯誤の上で、この形態となった。バフがアップ、デバフがダウン。多分詳しく分類したら、いろいろできることが増えるだろうが、今の精一杯だ。

足の裏から全身にかけて、なにか暖かいものに包まれる。

案の定、崩れ落ちる晃太。慌てて母が駆け寄る。

「ユイさん、ダメですっ」

「ユイさん、危ないよ」

エマちゃんまで私の腕を掴む。

「大丈夫よ、エマちゃん、うちの家族ばお願いね」

私はそっとエマちゃんの手を外す。

「優衣」

父も心配そうに言ってくる。

「大丈夫や、いざとなれば、あれを使うけん」

タスケテ
「行ってくるけん」

私は魔の森に向かって地面を蹴った。

ぐうん、と全身に圧がかかる。だが、足が、軽い。軽く地面を蹴ると、景色が一瞬で流れる。

リーダーさん達の慌てる声が、聞こえる。

百メートルほど離れた魔の森が、あっという間に近づく。オリンピック選手も真っ青だよ。バフってすごかあ。声の方向は魔の森で合っているはずだが、どこにおるんやろう?

耳鳴りはずっと続いている。

勘に従って、耳鳴りが強くなる方に足を向ける。

生い茂る草を踏みしめて、森の中を進む。

歩くのに困るほどではない、昔、子供の頃に遊んでいた雑木林よりちょっと木々が増えた感じだ。

耳鳴りは続く。

コドモヲ、タスケテ
多分、方向は合っているはずだが。こうなれば、神頼みだ。

神様、声の方向を教えてください。

そう願うと、耳鳴りが強くなる。願掛けレベルだが、大当たりかも。

私は耳鳴りが強くなる方に向かう。慣れないスピードで進んだせいか感覚がうまく掴めない。地面が緩く下り坂になっている場所に出たところで、私は見事に回転しながら転げ落ちる。

あたたたたたたた。あちこち擦り傷を作り、ようやく止まる。

なんとか立ち上がろうとした時、視界に入ってきたのは、三体の魔物だった。

二体は薄汚れた白い毛並みで、そのうちの一体は狼の魔物だが、今まで襲ってきたウルフ系と比べて段違いに大きい。もう一体も狼よりちょっと小さいが、大きい。多分豹みたいな魔物。ただ、二体とも地面に横倒れになり、狼は腹部、豹は首から出血している。まだ、辛うじて息はしているが、このままだと、失血死だ。

タスケテ

間違いない、この魔物の声だ。確証なんてない、だけど、絶対そうだ。

残り一体は、熊だ。私が転がってきた音に気づいたのか、丸めていた背中を伸ばして振り返る。

見上げるほど大きな熊。どす黒い毛並みに、ギラギラと滾(たぎ)るような赤い目。

振り返った瞬間に、私の前に、熊が口に咥(くわ)えていた白いなにかが放り出される。

白い仔猫だ。ライオンとかの猛獣系の子供。豆柴サイズだけど。まだ、幼い仔猫だ。

右脚を食い千切られて、それでもまだ、生きようとしている仔猫。

熊はなにかを呑み込み、私に向かって突進してきた。

コドモヲタスケテ

「ルームッ」

私は叫んだ。

どす黒い熊が消えた。ルームのドアを熊の前で開き、中に誘導したのだ。

咄嗟(とっさ)だったが、上手くいった。ルームのドアの開け閉めは私にしかできない。私がドアを開けない限り、熊はルームの中から出られない。

とにかく、熊のことはあとで考えよう。今は、目の前の仔猫だ。

どうしよう？　私は回復魔法は使えないし、傷を癒(いや)すポーションも持っていない。

なんで、私に声が聞こえたのに、なんにもできない状況なんだろう。そうだ、チュアンさんは確かヒーラーだったはず。なんとかなるか？　いや、無理だ、仔猫は運べても、あの白い狼と豹を担(かつ)げない。だが、このままにはできない。ルームで運ぶことは不可能だ、熊が入っている。多分狼と豹の傷は、あのどす黒い熊のせいだ。

どうしよう？

どうしよう？

私、なんで、なんにもできないんだろう？

華憐達家族には、回復魔法のスキルがあるのに、なんで、私にはないんだろう？

なんで、どうして？

仔猫も、白い狼も豹も、必死に生きようとしているのに、私はなにもできない。私は、なんにも、できない。

タスケテ

コドモヲタスケテ
小さくなる声。白い狼と豹から聞こえる声。

助けたい、なんとかして、助けたい。

時間がない。どうしよう？　どうしよう？　どうしよう？

私の『行きおくれ』の称号が分かった時の、バカにしたような華憐の顔が浮かぶ。そうだよ、私は、なんにも、できない。

情けない。情けない。情けない。助けるって、思っていたのに、なんにもできない。でも、なんとか、したい。

「神様、助けてください。神様、どうかこの仔を助けてください。傷を治して、助けてください」

あまりの情けなさに滲む視界の中で、右脚を食いちぎられた仔猫に手を伸ばした。

手を伸ばした先の仔猫の右脚に、光が集まる。

え？

え？

あ、まずい。

光が集まり始めた。同時に私の中から、引き抜かれていく。魔力が。

まずい、あの時と同じだ、ディレックスを時間オーバーして出てきた時と同じだ。まずい、吐きそう、吐きそう、気持ち悪い。

私は地面に両手をつき、うずくまる。

「にゃあ」

仔猫の鳴き声。吐き気をこらえて、なんとか、顔を上げる。

「にゃあ」

ああ、翠の綺麗な目の仔猫が、こちらを見ている。ちゃんと四本脚で立っている。右の前脚がある。ああ、良かった。なんでそうなったか分からない、いや、そうか、そうか。

私は、右手首にはめた木製の腕輪に視線を落とす。

『神への祈り』

きっと、神様が、私の願いを聞き入れてくれたんだ。きっと、きっとそうだ。

「にゃあ」

白い仔猫が、立ち上がり、首から血を流している豹のもとに向かう。ああ、あの仔猫のお母さんは、あの豹なんだな。ああ、なんとかして、助けないと。

でも、あまりの気持ち悪さに、動けない。

自己鑑定で生命力（22／98）、魔力（0／85）。ダメだ、なんにもできない。

目の前の白い狼と豹も、助けないと。

なんとかなるか？　また、聞き入れてもらえるか？

「神様、神様、私の生命力と魔力を戻してください」

あまりの気持ち悪さに動けない。また、神様が聞き入れてくれるか分からないけど、なんにもしないわけにはいかない。本当に神頼みだ。

地面についた両手から、温かいなにかが、流れ込んでくる。一気に、気持ち悪さが消えていく。

ただ、あまりの急激な変化に、体のだるさがある。立ち上がれない。自分の足を拳で叩く。

「神様、ありがとうございます」

私はふらつく足に活を入れて、立ち上がる。自己鑑定で、生命力も魔力も全快している。

神様、ありがとうございます。

「お願いします神様、どうか、この二人を助けてください。この仔のお母さんを助けてください」

手を白い狼と豹に伸ばすと、魔力が引き抜かれていく。

光が集まる。白い狼の腹部に、白い豹の首に光が集まる。

ありがとうございます、神様。これで、助けられる。

そこで、私の意識が途絶えた。


生暖かい、なにかが、私の顔を撫でる。

花の舌にしては大きいし、なんだか臭(にお)うよ、獣臭。しかも重い。

私はなんとか目をこじ開ける。翠の目の仔猫だ。ああ、この仔が舐めていたのね。猛獣系の仔。かわいいかあ。テレビで見たことあるけど、実際見ると、本当にかわいいかあ。

「にゃあ、にゃあ」

ちょっと低音の鳴き声。前脚は私の体にのせている。食いちぎられた右脚は、痛みがないのだろうか？

くる。

「にゃあ」

前脚、太かあ。でも、かわいかあ。私が体を起こすと、翠の目の仔は、私の膝に乗り、見上げて
「にゃあ」

なにこの仔、めちゃくちゃかわいかあ。体のだるさがあるけど、あまりのかわいさに、私は破顔する。ひょっとこみたいな顔で、ちゅーしてから、思わず抱き締めるように撫でる。豆柴サイズだ。ちょっとくさかけど、かわいかあ。たまらず頬擦りする。猫、かわいかあ。いや、猫じゃないやろうけど、きっと、大きくなるだろうけど、かわいかあ。

「クンクンッ」

「にゃあっ」

「ファンファンッ」

「クウーン」

草むらから、明らかに仔犬と仔猫の鳴き声がする。

振り返った私は悶絶寸前になる。サイズは大きいけど、仔犬三匹、仔猫一匹が茂みから飛び出し、私に一直線に向かってくる。

か、かわいかあっ。かわいかあっ。

仔犬は、あれだ、シベリアンハスキーとかの仔犬だ。顔が幼いから、絶対仔犬だ。サイズが大き

「大丈夫ね？　痛くないね？」

いけど、仔犬だ。普通の柴犬サイズが二匹と、その二匹より一回り大きな一匹。三匹とも尻尾を振っている。そして仔猫、豆柴サイズではない、柴犬サイズの仔猫。そう、猛獣系の仔。

　みんな、かわいかあっ。

「おいでえ、べふうっ」

　反射的に呼んだら、一斉に飛びかかられた。あまりの勢いに私は後ろに転倒する。
　パ、パワーが違う。花と桁違いに違う。
　かわいい仔達は、私をペロペロペロペロ。獣臭がするが、かわいかあ。だが、お、重かあ、重かあ、起き上がれない。

　よくテレビで、かわいか仔犬とかとがわちゃわちゃになっているのを見て、羨ましいと思っていた。そう、これは、私があの羨ましいと思っていたことだけど、ちょっとたんま、お、重かあ。そげんペロペロされたら、ち、窒息しそうや。

「ちょっ、ちょっと、待ってん」

　ペロペロペロペロ。

　お、重かあ、起き上がれん。

『やめるのです』

『どきなさい、あなた達』

　女性の声が響いたかと思うと、仔達が弾かれたように顔を上げて私の上からどく。

　やっと起き上がれる。テレビの中では、小さな仔犬とか仔猫なんだが、サイズが段違いにデカイといろいろ危険だ。仔犬と仔猫にぺしゃんこにされそうになったよ。
私はペロペロされた顔を拭いながら、起き上がる。
目の前には、白い狼と、白い豹。
うん、でかかあ。狼は私の身長より高いし、豹は私の鼻あたりの背丈だ。
うん、でかかあ。しかも、爪やら牙やら、すごいよ。すごい迫力よ。
……………あら、まずくないかな？
すぐ目の前に、すごいサイズの狼と豹。
私は頭から血が引いていくのを感じた。
あら、まずくないかな？　後先考えていなかったけど、まずくない？
あ、もしかしたら、絶対絶命？
目の前に、巨体の白い狼と、白い豹。あ、豹って斑点あるけど白一色だから、違うね。
きっと、この二匹は母親よね。
いや、今はそんなことはどうでもいい。
私、絶体絶命よ。肝心のルームの中には、あの熊がいるから、逃げ込めない。
ちょっと噛まれたら、頭もげる。腕の一薙ぎで、首が飛ぶよ。
背中に汗が流れ落ちる。
「くんくん」
「みゃあ」

かわいい五匹の仔達は、それぞれの母親のお腹に顔を寄せてる。
「あ、ダメばい。お母さん、ケガしとるよっ」
白い狼の腹部は真っ赤のままだ。
『大丈夫なのです。傷は塞がっているのです』
「あ、ならよかね。ん？」
あら？
『やはり、私達の声が聞こえるのね』
白い豹が目を細める。あはは、怖い。
『母が言っていたことは本当だったのですね』
『ええ、そうね』
狼と豹が顔を見合わせて、改めて私を見る。
言葉が分かるなら大丈夫か？　でも、すごい圧迫感。
『私達の声が聞こえるのですか？』
なんともボーイッシュな感じで、語尾に「のです」と付けるのは白い狼。
『聞こえる？』
優しく、柔らかロ調は白い豹。
「き、聞こえます」
なので、食べないで。

『そうなのですね』

『なら、私達を助けてくれたのね。娘を助けてくれた、感謝します』

白い豹は近づいてきて私の顔を覗き込む。実は腰が抜けて、座ったままなんだよね。

「いえ、お気になさらず」

牙、すごいなあ。本当に、一撃でなにかがなくなるよ。頭とかね。

『大丈夫なのです。私達はあなたを攻撃しないのです』

『ええ、心配しないで』

本当に？　ああ、良かったあ、腰が抜けたままだけど、良かった。

絶体絶命から、離脱できそうだ。

「にゃあ」

あの翠の目の仔が鳴いて、お母さん豹の腹部に顔を近づける。

ああ、お乳ね。必死にもう一匹と吸い付いている。白い狼の方もそんな感じだ。

もう大丈夫かな？

もう一回触りたいけど、やめておこう。いくらこの狼と豹が、私に害を為さなくても、やっぱり怖いしね。そろそろ帰らないと、両親や晃太が心配するし。てか、熊、どうしよう？

『ねえ、お乳、出る？』

『もう出ないのです。二日前から出が悪くなっているのです』

はい？

「な、なんで？」

思わず聞くと、二匹のお母さんは悲しそうな表情。悲しそうな顔って、分かるもんだね。不思議。

『もう、何日も食べていないのです』

なにかあったんやね。深く考えず、私はアイテムボックスから、すべての飲料水を出す。

ミネラルウォーター、緑茶にリンゴジュース、スポーツ飲料、魔物が飲んでも大丈夫か分からないけど、きっと脱水を起こしているんだろう。何日も食べていないなら、栄養不足だろうけど、あいにく食材は手持ちにない。

「これを、へぶうっ」

右手にミネラルウォーター、左手にスポーツ飲料のピッチャーを持つと、再び五匹の仔が私に飛びかかる。

なんて速かのっ。そしてパワーが半端なか。

私はあえなくひっくり返る。両手のピッチャーが吹き飛び、液体が零れる。

「もったいな、ぐふうっ」

私を踏み越える五匹。どの仔か分からないが、私の頬をがっつり踏んだよ。痛いよ、しかも、重かよ。ダメージ、半端ないんよ。

「こ、子供が飲んでも大丈夫ね？」

よろよろと起き上がる。ピッチャーに顔を突っ込むのを見た私は、周囲の木々が立ち枯れているのに気づく。異常な状況だが、あとで確認すればよか。

『なにも口にできていないから、ないよりましなのです』

『そうね』

結構、追い詰められていたようだ。

「飲める？　人の飲み物やけど」

私がリンゴジュースと緑茶を出すと、二匹はあっという間に飲み干した。

「ごめんね、これしかないんよ」

『いいえ、生き返った気分なのです』

必死に飲んでいる姿を見ているうちに、この白い狼と豹に対しての怖さがなくなった。

本当に、追い詰められていたんやね。

この大きさだ、二リットル足らずの水分では足りないはずだ。

どうしよう？　ルームには、あの熊が。ディレックスに行けない。『異世界への扉』が使えないのは、我が家の死活問題だ。

「熊、どうしよう？」

『そういえば、私の娘の腕を食いちぎった、あいつはどこ？　私の感知できる範囲にはいないようだけど』

「ああ、それはね、私のスキルで」

簡単に『ルーム』の説明。賢いようで、すぐに理解してくれた。

『神からのギフトなのですね』

『なら、まだ、生きていると？』

「そうやね」

ああ、ルーム内はどうなっているだろう？　花のおもちゃやクッション、洗面台にトイレ、座布団。

『こんな状況でなければ、一撃で倒せるのです』

『そうね』

ふーん。一撃ね。あの熊を一撃ね。あ、やっぱり怖かあ。

でも、ルームが使えないのは困る。とても困る。

「ねえ、あの熊って、何日くらいで餓死するかな？」

我ながらえげつないけど、それを待つしかない。

白い狼と豹は顔を見合わせる。五匹の仔達は、必死にピッチャーを舐めてる。

『おそらく、十日以上は生きていると思うのです』

困る、非常に困る。私は、天を仰ぐ。

「あ。そうや」

なにも、地上でルームを開けなくてもよかよね？

「離れた？　子供ばちゃんと見とってよ」

『大丈夫なのです』

『ええ、いいわよ』

白い狼は、一番大きな子供を前脚で押さえている。あの大きな仔はやんちゃなようで、ピッチャーが空と理解した途端、再び私に飛びかかってきた。引き倒されて、あちこち、傷だらけよ。でも私の顔を必死に舐めるから、かわいかけん、まあ、許そう。かわいかもん。大型犬、かわいかあ。

「さて、上手く行きますように。ルームッ」

私は遥か上空でルームを開けることにした。私の真上で。遥か上空で。

開けて、私はダッシュで逃げる。

ひゅゅゅゅゅゅゅゅ。

立ち枯れしている木の後ろに駆け込む。

どかかかぁぁぁぁぁぁぁんッ。

鼓膜を揺らすような音が響き、土埃と枯れ葉が舞い上がる。

恐る恐る覗くと、大の字で地面に倒れたどす黒い熊。だらしなく開けた口からは、舌がだらりと出ている。

大丈夫かな？

我ながら、えげつない。いきなり遥か上空から放り出された熊。しかし、申し訳ないが、十日もルームに居座られると困るし、翠の目の仔の前脚を食いちぎったのだ。はっきり言います。私は翠の目の仔の味方です。だって、かわいかもん。汚れているけど、花と違う、もふもふ、もっと堪能したいんよ。

私は近くに落ちていた石を拾って、そっと投げる。

ぽすっ。

ぴくっ。

私が投げた石が当たった瞬間、熊がぴくっとしたけど、すぐに動かなくなる。

ああ、良かった。一瞬、息が詰まったよ。


てってれってー。

【レベル9にアップしました】


はい？


てってれってー。

【レベル10にアップしました】

【スキル　ルーム　レベル10にアップしました　HP1000追加　レベルアップに伴い八畳にアップ　ボーナスポイント5000追加されます】

【スキル『異世界のメニュー』解放されました】

【スキル『異世界への扉』の『ペットショップ　チーズクリーム』『ベーカリー　麦美ちゃん』追

加されました】

てってれってー。

【レベル11にアップしました】
【レベル12にアップしました】
【レベル13にアップしました】
【スキル　ルーム　レベル11にアップしました　HP2000追加】

レベルが上がる、どんどん上がる。

てってれってー。

【レベル14にアップしました】
【レベル15にアップしました】
【スキル　ルーム　レベル12にアップしました　HP2000追加】

レベルが上がる。なんでや？

てってれってー。

【レベル16にアップしました】

【レベル17にアップしました】

【レベル18にアップしました】

【スキル　ルーム　レベル13にアップしました　ＨＰ２０００追加】


私の前には、絶命した熊。


てってれってー。

【レベル19にアップしました】

【レベル20にアップしました】

【スキル　ルーム　レベル14にアップしました　ＨＰ２０００追加】

【スキル『異世界のメニュー』追加解放されました】

てってれってー。

【レベル21にアップしました】

【レベル22にアップしました】

【レベル23にアップしました】

【スキル　ルーム　レベル15にアップしました　ＨＰ２０００追加　レベルアップに伴いオプション追加解放　ボーナスポイントＨＰ１００００追加されます】

上がった、『ルーム』のレベルが。オプションが追加された。

てってれってー。
【レベル24にアップしました】
【レベル25にアップしました】
【スキル　ルーム　レベル16にアップしました　ＨＰ２０００追加】

レベルアップが止まらない。確かディードリアンさんが言ってた。

てってれってー。
【レベル26にアップしました】
【レベル27にアップしました】
【レベル28にアップしました】
【スキル　ルーム　レベル17にアップしました　ＨＰ２０００追加】

魔物に最後に攻撃して、とどめを刺すと、レベルが上がりやすいと。

てってれってー。

【レベル29にアップしました】
【レベル30にアップしました】
【スキル　ルーム　レベル18にアップしました　ＨＰ２０００追加】
【スキル『異世界のメニュー』追加解放されました】

それが、上位種の魔物なら、更にレベルが上がると。

てってれってー。
【レベル31にアップしました】
【レベル32にアップしました】
【レベル33にアップしました】
【スキル　ルーム　レベル19にアップしました　ＨＰ２０００追加】

目の前には、どす黒い熊。私は確か生きているか確認するために、石を放って、当てた。ただ、それだけ。当てただけ。

てってれってー。
【レベル34にアップしました】

【レベル35にアップしました】

【スキル　ルーム　レベル20にアップしました　HP2000追加　レベルアップに伴い十二畳へアップ　ボーナスポイントHP10000追加されます】

【スキル『異世界への扉』の『銀の槌（つち）』『もへじ生活』追加されました】


あの石がとどめだったの？　しかも私には初心者特典で経験値五倍のスキルがあるから、このてってれってー、なのか？


てってれってー。

【レベル36にアップしました】


あ、止まった。

てってれってーが、止まった。止まった。

『大丈夫なのですか？』

『どうしたの？』

白い狼と豹が私を覗き込む。

レベルが上がっても、実感が湧かない。普通はレベルって一個ずつ上がるもんだよね。なんだが、初心者特典のおかげでどんどん上がったよ。

いいとしよう、レベルが上がった、『ルーム』のレベルも上がった。いいとしよう。

「大丈夫よ」

『誰か来るのです』

『人ね。気配は、四つ』

白い狼と豹が、ぐるる、と唸る。

やめて、冗談抜きで怖かけん。

「よく分かるね」

なんにも聞こえないけど。さすが、野生。でも、まさか。

「ねえ、なんを、話しようか分かる？」

『話し？』

『ああ、なにか言ってるわ。ユイ、どこだ？　ユイさん、どこですか？　って』

あ、やっぱり。父だ、そしてきっとリーダーさん達だ。

「私の父だと思うよ。あとは同行している護衛の冒険者の方」

そうだ。父のアイテムボックスに、飲料水あるかも。

「ねえ、一緒に行かん？　お父さんが水を持っとるかもしれんし」

私の言葉に、顔を見合わせる狼と豹。

「あれくらいの水分じゃ足りんかろう？」

迷う様子が伝わってくる。

『その冒険者、大丈夫なのですか？』

なんでも、毛皮目当てに襲ってくることがあり、現状、数で襲われると、大事な子供達を守れないと。

「大丈夫よ、リーダーさん達には説明するけん。私達を襲う気はないんやろ？　大丈夫や。お乳も出ない状況を知って知らん顔はできんよ。お母さんに言って栄養がつくもんを作ってもらうけん。とりあえず一緒に来んね」

しばらく考えて、二匹が答える。

『分かったのです』

『しばらく、一緒に行くわ』

「よし。決まりや」

考えている最中に、私の耳にも声が届いてきた。

「優衣ー。どこやー？」

「ユイさーん」

「お父さん、ここや、ここにおるよ」

私は声を張り上げる。ここは、少し窪(くぼ)んだ土地。私が転げ落ちたところに、父とリーダーさん、チュアンさん、そしてシュタインさんの姿が。

「お父さん、ここよ」

「優衣、おったね」

父が慎重に降りてくる。なんせ年ですからね。

冒険者三人は真っ青な顔して駆け降りる。手には武器。

「あ、大丈夫です。この二匹は大丈夫です」

慌てて両手を振って訴える私。見た目が怖か二匹だ、警戒して当然だ。

「ユイさん、だ、大丈夫なんですか？」

リーダーさんが青ざめて指差す。

「はい、敵意はありません」

「にぁあ」

私の足下に翠の目の仔がすり寄ってくる。

「ん？　抱っこね？　しょうがないかねえ」

かわいかあ。私は翠の仔を抱っこ。お、重、花の倍や。

「ほら、かわいいでしょ？　みんなかわいい仔ですよ」

一番大きな仔には引き倒されたけどね。

「かわいいって、フォレストウルフとクリムゾンジャガーですよね？」

『失礼なのです。私はフォレスト「ガーディアン」ウルフなのです』

「だ、そうです」

私が通訳すると、頭を抱えんばかりのリーダーさん。

「ユイさん、あの熊は？　ナーダリーグリズリーに見えるのですが？」

チュアンさんが脂汗(あぶらあせ)を浮かべて指差す。

「そうなんですか？　私、種類分からなくて」

「あの、ユイさん、どうしてこの状況かはわかりませんけど。この三匹とも、とんでもなくランクの高い魔物なんですよ」

「はあ」

リーダーさんが説明してくれるが、私は首を傾げる。シュタインさんは真っ青のまま固まってる。熊は分からないが、このフォレストガーディアンウルフとクリムゾンジャガーと呼ばれた二匹とはコミュニケーションが取れているし、敵意も感じられない。もしかしたら、コミュニケーションが取れるから、私を襲わないだけかも。

そんなことを思っていると、父がようやく到着。

「優衣、大丈夫ね」

「うん、大丈夫よ」

父の足下にわらわら集まる仔達。父も基本的に犬も猫も好き。口を尖らせて撫でている。こういうところが晃太と一緒だ。後ろのお母さん方二匹には驚いていたが。

「私の父よ、大丈夫だから」

『そうなのですね』

『匂いが似ているわ』

「ああ、あの声の主ね？」

父にも聞こえたようだ。やっぱりコミュニケーションが取れるだけで、随分安心感が増す。

「お父さんも聞こえるやね」

「うん」

「ちょ、ちょっと待ってください。声が聞こえるって？」

リーダーさんが真っ青のまま待ったをかける。

「ユイさんもミズサワさんも、テイマーなんですか？　まさか、ケイコさんやコウタさんも？　一家全員？」

「タイマー？」

「テイマー、テイマーたい。タイマーは時間を計るやつ。テイマーっていうのは、魔物を従えて戦わせる職の人」

父の言葉に、私は突っ込みと説明。

「そうね」

いまいち理解していないような父は、両サイドの柴犬サイズの仔、確か、フォレストガーディアンウルフだっけ？　かわいか仔の二匹をしきりに撫でている。

「ユイさん、契約とかしてます？」

リーダーさんが恐る恐る聞いてくる。

「契約？　まさか、してませんよ。でもとりあえずしばらく世話はしようと思ってます。あ、お父さん、水ある？」

「水はなかよ。コーヒーしかなか」

「コーヒーかあ、うーん、ダメよね」

「優衣、コーヒー飲めるやろ？」

「私やない、こん仔達たい。脱水起こしとるみたいで。しばらく世話しようと思うんよ。よか？」

「そうかあ」

父は両手で撫でている二匹をじっと見、次いで元気に走り回る大きなフォレストガーディアンウルフの仔とクリムゾンジャガーの柴犬サイズの仔を見る。そして私の腕の中にいる翠の目の仔を見て、でで、とお座りしているお母さん二匹を見る。あ、鑑定？

「すぐに連れて帰ろう。こん仔達は脱水と栄養失調起こしとる。母親の方はひどい脱水と栄養失調に、衰弱もひどか。すぐにお母さんになにか栄養のつくもんば作ってもらわんと。確か、晃太のアイテムボックスに、結構水とかあるはずや」

「あ、ありがとうお父さん」

素早く判断してくれた父。うん、私のお父さんや。

リーダーさん、チュアンさん、シュタインさんはビックリ仰天みたいな顔をしている。

「ちょっと歩くけど、大丈夫？」

私がお母さん二匹に聞くと、これくらい大丈夫と。無理ならルームを開けたけど、リーダーさん達がいるから、最後の手段だ。

それから、ピッチャーを拾い、なんとかグリズリーを父のアイテムボックスへ。

リーダーさんが、冒険者ギルドに持っていくとお金になるって教えてくれたからだ。Cサイズの私のアイテムボックスでは入らないので、Aサイズの父のに無事に収納。

「皆さん、探しに来てくださってありがとうございます。ご迷惑をおかけしました」

私は歩き出す前に、リーダーさん、チュアンさん、シュタインさんに謝罪。

「いいんですよ。俺達が勝手に探しに来たんですから」

「そうです」

リーダーさんは笑って答えてくれ、チュアンさんも静かに微笑む。

「俺は、自分で志願したんで気にしないでください。あんな旨い飯を食べさせてもらってますから」

シュタインさんも言う。最初はロッシュさんが来る気でいたが、攻撃魔法を使える自分がいた方がいいだろうと、手をあげたそうだ。

「ありがとうございます。シュタインさん」

「いえいえ」

「ユイさん、行きましょう」

「はい」

私は翠の目の仔を抱き直す。そこそこ重い。シュタインさんが興味津々で見ている。

リーダーさん、シュタインさんが先頭、後ろに私と父、フォレストガーディアンウルフ親子、クリムゾンジャガー親子、殿はチュアンさん。特に魔物に遭遇せずに進む。

「魔の森なのに、静かですね」

私がぽつり。

「そりゃ、あんなのいたら、魔物も逃げて襲ってきませんって」

シュタインさんが、ちょっと呆れ顔。そんなに強いの？　あの二人、いや二体。

「リーダーさん、あとで教えてくれます？　あの熊も気になるし」

「いいですよ」

しばらく歩いて、やっと魔の森の切れ目に出る。

「あ、俺、みんなに説明してきます」

「あ、よろしくお願いします」

シュタインさんが駆けていく。ほどなくして、馬車が見えてくる。

「あ、お母さーん」

私が母に手を振ると、安心したように母も手を振る。

「クンクンッ」

一番大きな仔が飛び出して、まっすぐ母のもとに。残りの仔達も続く。私が抱っこしていた翠の目の仔も飛び降りて駆けていく。ぽてぽてっ。くっ、お尻がかわいかっ。

あ、でも私をひっくり返すほどのパワーだ、あの勢いで飛びつけば母もひっくり返る。慌てて私も走るが、いかんせん向こうは野生。私が追いつこうと走り出したときには、もう母に飛びつく瞬間だった。

母は驚き顔だが、基本的に犬も猫も好き。ためらわず、しゃがんで迎え入れ、しりもちをついてる。ああ、やっぱり。あ、抱っこ紐に花がいるはず。けたたましい鳴き声がする。

「お母さん、大丈夫ね」

「あたた、大丈夫よ、なんね？　なんね？　かわいかねえ、あ、くさか、かわいかねえ」

母はデレデレと五匹を撫で回す。花が吠える吠える。

「あそこにおる大きいのは、こん仔達のお母さんや、襲わんけん、大丈夫やからね」

「そ、そうね。大きかね」

「姉ちゃん、大丈夫やったね」

晃太が聞いてくる。

「大丈夫よ、ちゃんと助けることができたし。晃太は大丈夫ね？」

魔力切れを起こしていたはずだ。

「だいぶいいよ」

晃太も基本的に犬も猫も好き。母にじゃれつく五匹の撫で撫でに参加。おかしいくらいに破顔してる。さすが、我が弟だ。

「ユ、ユイさん、あれなに？」

エマちゃんが、ひきつらせた表情で私の腕を引っ張る。

「あ、あれ？　あ、大丈夫よ、危害は加えないから」

そう言って周りを見渡すと、冒険者の皆さん、パーカーさん親子が顔面蒼白だ。みんなの視線の先はゆっくり歩いてくるフォレストガーディアンウルフとクリムゾンジャガーのお母さん達。

「皆さん、あの二匹は大丈夫ですよ。大丈夫ですからね」

一応言ってみるけど、顔色は悪いままだ。

エマちゃんが私の腕にしがみつく。後ろでテオ君も顔色を悪くしている。

「大丈夫よ、エマちゃん」

父とリーダーさん達が到着。一気に警戒モードになる冒険者の皆さん。

「皆さん。本当に大丈夫です」

もう一度言って、さすがの大きさに引いている晃太に言う。

「晃太、水出して、こん仔達、ひどい脱水なんよ。特にお母さん達の方が」

「あ、そうなん」

「はよ、言わんね」

晃太が水の入ったピッチャーを出して、母が皿を出す。飛びかかられそうになったが、無事に皿に水を投入。わっと寄ってきて飲み出す五匹の仔達。母は空の鍋を二つ出す。

「お母さん達はこれくらいいるやろう？　晃太、これに入れて」

事情もよく分からないのに、脱水を起こしている、の一言で、ためらいなく行動する母。母にしたら見上げるほど大きな魔物なのに、だ。私が大丈夫だと言ったこともあるだろうが、さすが私の母だ。

「ん」

晃太が鍋に水を入れて差し出すと、勢いよく飲み出すお母さん達。

「姉ちゃん。姉ちゃん」

小声で晃太が聞いてくる。

「なんね？」

「水は、あとペットボトルに入っているのしかなか」

「他のピッチャーも空？」

「いや、リンゴと緑茶と、紅茶、あ、スポーツドリンクがある」

「なら、先にスポーツドリンク出して」

「分かった」

鍋はすでに空。晃太が私の指示でスポーツドリンクを入れる。

『ああ、生き返るのです』

『ええ、本当に、美味しいわ。ただの水がこんな美味しいなんて』

安心の日本製ですからね。

ただ、二匹の声に、晃太と五匹の仔達を見ていた母が驚いたように顔を上げる。

「やっぱり、助けてって声の主ね」

「人やなかったね」

「やっぱり、お母さんも晃太も声が聞こえるんね」

私の問いに頷く二人。

「ねえ、ユイさん、ユイさんってテイマーなの？」

私の腕にしがみついていたエマちゃんが、本日二回目の質問をしてきた。


水分補給をして、馬車で移動。

パーカーさんの方の馬が怯えて困ったが、お母さん二匹がちょっと唸ると驚くほど落ち着いた。

こちらの魔法馬も落ち着いた、良かった。ただ、パーカーさん親子が気絶寸前になってしまって、ちょっと騒ぎになる。

「リーダーさん、結界石までどれくらいですか？」

「あと、三十分くらいです」

「だって、二人とも大丈夫？」

『問題ないのです』

『大丈夫よ』

「そう、良かった」

すったもんだしながら移動して、無事に到着。結界石は様々な大きさだが、どれも目立つように荒縄のような彫り物がぐるりと巻いてある。

「あ、結界石やけど、みんな大丈夫なん？」

そうだ、魔物除けの結界石だった。

『ああ、これですか？　まったく問題ないのです』

『これで防げるのは、せいぜいゴブリンとか、頭の悪い魔物くらいよ』

「あ、そう」

すでにあたりは暗い。慌てて夕食の準備をする。

「お母さん、お粥作るけん、皆さんのご飯お願いね」

「分かった」

母に言われて、私と晃太が夕食の準備。といっても、アイテムボックスから作っておいたものを出すだけ。今日は迷惑をかけたし、お詫びにウインナーをつけよう。茹でた状態のウインナーがあるし。食料関係は、ほとんど母のアイテムボックス内だ。母が簡易テーブルに出してからが大変だった。

『なに、いい匂いがするのですッ』

『たまらないわッ』

「ダ、ダメよ、ダメ。皆さんのご飯よ。あなた達にはいまお母さんがお粥作るけん待って」

迫る巨体。鼻息荒いって。

『ちょっとでいいのですッ』

『一口ッ』

「衰弱してるもんがなんばいいようね。ダメなもんはダメ。こんな味が濃いかのはダメッ」

冒険者の皆さんがこそこそ話してる。

「ユイさん、すげえ」

「あの二体に迫られてよく、ダメッて言えるよな」

「尊敬っす」

「あれ、確か、Sランク以上の魔物だよね？」

「みたいだけど、なんか、飼い慣らされた感が」

これまたすったもんだで配膳終了。

「さ、皆さんどうぞ」

本日は生姜焼きに味付け肉、レタスにカットトマト、ブロッコリー、マヨネーズ付き。お詫びにウインナー。

「た、食べにくいッ」

「わぁ、迫らないでッ」

配膳した先でも匂いを嗅いで迫る二匹。

「ちょっとダメだって」

慌てて私と晃太がガード。父は花を抱っこしているため参加できず。お母さん二匹は花ともご挨拶が済んでいるが、花はひたすらプルプルだ。まあ、怖かよね。なんせデカイもんねえ。

『この子は魔物じゃないのですね』

『そんなに怖がらなくても、食べないわよ』

って言ってた。一安心だ。――だからこれは人間のご飯だからダメだって！

『仕方ないのです』

『諦めるわ』

「あ、ありがとう二人とも、あ、なんばしようとッ」

素直に諦めたと思ったら、生姜焼き(しょうがや)きと味付け肉を入れていたバットをベロベロ。私達の分として残していたお肉が、吸い込まれるようになくなる。

「ちょっと二人ともダメだって」

『なんて美味しい肉なのですか、足りないのです』

『もっと欲しいわ』

「人の話聞いてた？　もう、ねえお父さん、これ二人が食べても大丈夫かね？」

「大丈夫みたいや」

「まあ、なら、いいかね」

必死に舐めていたバットを、晃太がアイテムボックスにしまう。

五匹の仔達には、ディレックスで買ってきた仔犬、仔猫用のミルクをあげた。ルームの中は大惨事だったけど……まあ、あとでどうにかしよう。

スキルレベルアップのおかげか、ディレックスは一気に品数が増えた。二、三割だった品数が五、六割になり、在庫数もせいぜい二個だったのが、四、五個になっている。結界石まで移動する間にお買い物。滞在可能時間もびっくり五十六分だ。レベルアップの影響だ、ありがとうございます、神様。

「さ、できたよ」

母が大量のお粥を二匹の前に。

『あつッ』

『美味しいけど、味が薄いわ』

「衰弱者が本当になにを言ってるの」

結構な量のお粥があっという間になくなる。

「五合じゃ足りんようやね。明日はもっと作らんと」

うーん、ルームを開ける必要があるけど、どうしよう？　結構な惨状なんだけど。

『私達、休んでいいのですか？』

『ちょっと、疲れてしまって』

「あ、いいよ。子供達もねむそうやし」

『ありがとうなのです』

『感謝するわ』

やはり衰弱しているんだよね。結構移動したし、傷が塞がったとはいえ、かなりの大怪我だったし。お母さん二匹は、思い思いに丸くなる。二匹眠る直前に母が暗かねえ、と呟く。今から私達の夕飯だけど、既に夜。焚き火があるが、確かに暗い。

『これでいいかしら？』

クリムゾンジャガーのお母さんが顔を上げると、リンゴサイズの光の塊がいくつも現れて、あたりを照らす。そんなに眩しくない光だ。え、なにこれ？

『光の魔法よ。そのうち消えるわ。虫除けになるし、私達より弱い魔物は寄り付かないわ』

「へ、へえ、すごかねえ」

リーダーさん達にも説明すると、いろんな表情をされた。

「さすが、クリムゾンジャガー」

「てか、俺達、護衛の意味なくない？」

「結界石、意味なくない？」

「みんな、落ち着け、このフォレストガーディアンウルフとクリムゾンジャガーは、ユイさん達には害をなさない。俺達にもだ。ですよねユイさん」

リーダーさん、ちょっとすがるような顔してますよ。

「大丈夫です。これまでも毛皮目当てに来られたから迎撃していただけみたいですよ」

「恐ろしくて、そんなことできません」

ですと。私達も交代で夕飯。花は私達についた匂いをしきりに嗅いでたけどね。熊が父のアイテムボックスに入っていることは、簡単に母と晃太に説明しておいた。

食後の片付けを終えて、リーダーさんと話をする。母は花を抱っこし、晃太はでれでれと撫でている。話をするのは、私と父だ。まあ、近くにいるから、話の内容は聞こえるだろうけど。

「あのリーダーさん、あの熊のこととか教えてもらえます？」

「ええ、いいですよ」

まず、熊のことから聞く。

「あれはナーダリーグリズリーといって、Aランクの魔物です。基本的には魔の森の奥に生息して、その腕力は一薙ぎで岩をも砕く、恐ろしい魔物です。一応ランクはAですが、生体年齢や大きさ、雄か雌かでも変わります。あれは少なくともSランク以上かと」

「そ、そんな魔物ですか」

確か、あの二人、いや、二匹はこんな状況じゃなければ一撃で倒せるって言ってたけど……

「あと、そこのフォレストガーディアンウルフですが、ウルフ系の、恐らく確認できている中でも最上位の位置にいます。俺はてっきり、上位のフォレストだと思ったんです。守護者の意味『ガーディアン』の名を冠するウルフは、最後に確認されたのは確か三百年前くらいです。ランクは多分Sかな、いや、雌ならAかと思います」

多分、もっと上だよ、リーダーさん。

「それから、クリムゾンジャガーですが、その名前の由来は、クリムゾンジャガーが通ったあとは、真っ赤に染まるからとか」

おっかないっ。

「多分、ランクはこのフォレストガーディアンウルフと同じかと。まあ、どれに遭遇しても俺達じゃ手も足も出ないですけどね」

「え、そうなんですか？」

「そうですよ。確か何年か前にナーダリーグリズリーの討伐依頼があって、いくつかのAランクの冒険者パーティが共同で倒したって聞きました」

へー。次元が違う、一撃って次元が違う。でも、ちょっと確認。

「もし、そのナンダローグリズリーを」

父がナーダリーと訂正する。

「そのナーダリーグリズリーを、一撃で倒すことができる人っていいます？　魔物でもいいですが」

「一撃？　さあ、Sランク以上の冒険者なら倒せるかもしれませんが、一撃は無理でしょうね。それこそ伝説の勇者くらいですよ。魔物なら、少なくともSSランク以上ですかね。まあ、そんなのがそこらを歩いていたら、小さな国の軍事力では歯が立ちませんよ」

「ソーナンデスネー」

私は笑って返した。視線の先には、丸くなって寝ている、その一撃で倒せる魔物、フォレストガーディアンウルフとクリムゾンジャガーが。我ながら恐ろしい魔物に、よくもしばらく一緒になんて言ったなあ。

まあ、でも、よか。うちらに危害を加えないって言ってたし、なによりかわいか五匹の仔。そして毛皮を狙われると言っていたが、確かにそうかもと思わせる美しい毛。母の剥離魔法でこびりついた血は綺麗にはがれ、できるだけ浄化した毛はまずまず綺麗になってる。これが、完全に浄化されたら、きっと想像以上に綺麗だろうな。埋まってみたい。是非とも埋まってみたい。

よし、言った以上は、なんとしてもお母さん二匹の体力回復させて、安心して子育てできる場所を探さんと。で、埋まらせてもらおう。

「しかしユイさん達には驚かされましたよ。皆さん、テイマーの能力があるし、まさか、全員アイテムボックス持ちなんて」

「え、アイテムボックスって、あんまり珍しくないですよね？」

「まあ、サイズが小さければね。うちではマデリーンとテオが持っていますけど。パーティに二人もいるのは、運がいい方なんですよ。まあ、例えば四人家族で一人持っているかどうかですよ。ユイさん達のように、全員持っているなんて珍しいんです。しかも、ミズサワさんのサイズは大きいようですし」

「そ、そうなんですか？　周りに結構持っている人が多くて」

誤魔化す私。熊、結構大きかったからね。父のアイテムボックスはA。サイズ的にかなり大きい。絶対に晃太のSSSは知られないようにしないと。

「それから、皆さんにテイマー能力があるとは」

「タイマー？」

母が父と同じ勘違い。晃太が訂正している。

「ああ、それに関しては私達も驚いているんですよ。今まで、そんなことなかったし。テイマーって、みんな、魔物と会話できるんですか？」

「さあ、テイマーはとても珍しい職種ですからね。俺にはよく分からないですが、確か、魔物との意志疎通は、えっと、パスが繋がるとかなんとか、あとは契約とか必要で。すみません、契約の方法とかは詳しくは分かりません」

「ありがとうございます。私達は契約とか、するつもりはありませんから」

あまり目立ちたくない。すでにこの二匹を連れている時点でかなり目立つのに、契約なんてしたら……うん、考えないようにしよう。あの二匹が回復するまでの関係なんだ。うん、うん、そうだそうだ。ちょっと、毛並みを堪能させてもらえばいいしね。

リーダーさんにお礼を言って、私達は馬車に引き上げる。

鍵をチェックして、ルームのドアを出す。

さて、そっと開けて覗くと、やっぱりひどい状況だ。

ルーム自体は十二畳に広がっていたが、もともとの六畳の部分がひどいことになってる。

壁紙、床はばっくり引き裂かれ、洗面所は粉砕。床には割れたプラスチックのカップやへしゃげた歯ブラシが散乱。鏡も割れてる。トイレのドアも割れて便器も割れてる。床が水浸しでないのだけは、ありがたい。花のクッションとおもちゃもぐちゃぐちゃ。あ、コンセントは無事だ。

「ちょっと、これ、どうする？」

花はお眠モードだったのにスイッチが入ったのか、ルーム内を走り回る。自分のクッションの残骸に吠えている。本当にルームの声が漏れなくて良かった。

「どうするって、なあ」

父が母に振り返る。母は口をぽかんと開けたままだ。

「まず、ゴミだけ捨てたら？」

晃太が吠える花を抱き直す。

「そやな」

私は奇跡的にも無事な液晶画面を確認。

レベル　20
HP　103833
残金　19500
ルーム・スキル　パッシブ　換気　電気　上水道　下水道
　　アクティブ　清掃（ゴミ破棄　トイレ清掃）
異世界への扉　・ディレックス
　　・手芸ショップ　ぺんたごん
　　・ペットショップ　チーズクリーム
　　・ベーカリー　麦美ちゃん
　　・銀の槌
　　・もへじ生活
異世界のメニュー　利用店舗選択待ち

「なんか増えとうね。レベル、上がっとるし」

晃太が覗き込んでくる。

「まあね、ちょっとね」

しかし、この『異世界への扉』ってよく分からない。なぜ地元感溢れる店名が？　チーズクリームは花と出会ったペットショップで、シャンプーやカットを定期的にお願いしている。麦美ちゃんはときどき行くパン屋さん。私はカレーパンが大好き。手作りのサンドイッチやホットドッグも人気だし、一番人気は明太子バゲットだ。お客さんも多い。銀の槌は小さなケーキ屋さん。住宅街にあり、店舗は二人入ったらいっぱいになるほど小さな店。お手頃な値段で、美味しいんだよね。落ち着いたら行ってみよう。最後のもへじ生活は全国展開している雑貨屋で、たまにインスタントのスープやお菓子や文具を買うくらいだけど。確か、衣料品、食器や調理器具、家電、家具も揃っているはず。あ、ベッドとかいいかも。

「まず、ゴミだけ捨てたら？」

「あ、そうやった」

画面を見て止まっていた私に、晃太が催促。

私はゴミ破棄の項目をタップ。

「おお」

「ワンワンッ」

一瞬でゴミがなくなった。花のクッション、折れた歯ブラシ、割れた鏡、トイレのドア、便器、洗面所。全部。残ったのは、切り裂かれた壁と床。

「これは今度張り替えしとこうかね」

こういった大工仕事は、我が家では父がしている。

「材料、ディレックスにあるかね？」

「さあ？　ディレックスで、見たことなかよ。向こうでも」

「そうかあ、なら、こっちの世界で見つけんといけんなあ」

悩む父。

「姉ちゃん、オプションでトイレと洗面所を追加せんと」

晃太が催促してくる。

「分かった分かった」

私はオプションの部分に触れる。

「あ、やっぱり、追加があるよ」

もともとのオプションに加えて、新しい項目が増えてる。

オプション
キッチン（コンロのみ）　35000
キッチン（小）　55000
キッチン（中）　75000
シャワーブース　30000
ユニットバス（小）　55000
ユニットバス（中）　85000

洗濯機置き場　４５００
エアコン（六畳）　７５００
エアコン（八畳）　９５００
リフォーム　内容次第

ボーナスオプション
三畳間
六畳間
六畳間＋エアコン
ダイニングキッチン（六畳間、キッチン（中）付）
八畳間＋ウォークインクローゼット（二畳）＋エアコン

「風呂ッ」

叫ぶ晃太。

「キッチンッ」

興奮する母。

「まず。リフォーム内容やろ」

冷静な父。

「ワンワンッ」

吠える花。

「では、リフォーム確認しまーす」

私はオプションのリフォームをタップ。

リフォーム		
	壁紙張り替え	2000
	床の張り替え	1200
	トイレ修繕（ドア込み）	7000
	洗面所修繕	3000

どうしようか、と家族会議。

まず、壁と床、トイレの修繕をする。液晶画面に触れて選択し、ＹＥＳをタップすると、一瞬で元どおり。原理は分からないが、スキルを与えてくれた時空神様、ありがとうございます。

ボーナスオプションは全部を選ぶことはできないようだ。念のため父の鑑定をかけると、『全ての選択は不可』と出た。そのため吟味することに。まあ、多分、ダイニングキッチンは確実かな。母の視線がそこから外れないし。

だが、その前にやることがある。ディレックスへお買い物だ。

「まず、米ね。あとは子供達のミルク、花のおもちゃ、歯ブラシにカップに、歯みがき粉もね。あ、あのお母さん達は食べるやろうけん、かしわと卵と、あ、みりんが少なかし、水も、スポーツドリンクもいるね」

　母がメモメモする。

「姉ちゃん、わい、温泉卵食べたか」

「分かった。お父さんは？」

「特になかね」

「分かった」

　私がお買い物している間に、オプションをどうするか検討しておいてもらうことに。

　ディレックスの文字に触れると、『お知らせ』の文字が。


スキルレベルアップに伴い、『異世界への扉』は同伴者一名可能となりました。


　なるほど。でも、さっきはなんで出なかったのかな？　あの時ルームには、私しかいなかったからかな？　まあ、よか。

「晃太」

「ん、なんね？」

「あんた、荷物持ちについてこんね」

「はあ？」

「同伴者一名までいいみたいや、重かけん来てくれん」

「へえ、いいならよかよ」

よっこらしょっと立ち上がる晃太。

「どうすればいいかね？」

「さあ、肩にでも掴まり」

「ん」

晃太が私の肩を掴む。

「大丈夫ね？」

母が心配そうに、花を抱えて聞いてくる。

「大丈夫よ、時間もかなりあるから。でも、念のためにお母さん達は出とって」

父と母、花がルームを出たのを確認し、ディレックスへの扉を開けた。

「まんま、ディレックスやな」

晃太の開口一番。肩から手を離すも大丈夫だ。

「やろ？　さ、買い物するよ」

私は時間をチェック。五十五分五十四秒。

「姉ちゃんこれは？」

「私の残り時間や。これオーバーしたら気分が悪かたい。ほら、最初に立てんかったやろ？」

「ああ、あったな」

時間はいつもどおり減っている。二人になったから、消費時間も二倍かと思ったけど違うようだ。良かった。

カートにかごを入れてディレックス内に入る。晃太もカートを押す。

「ねえ、飲み物頼んでいい？　あとは花のおもちゃとあの仔達のミルクね。あ、みりんも」

「よかよ」

私と晃太は分かれて回る。私はまず卵と温泉卵を入れる。次に米、とりあえず十キロ。かしわも入れて。歯ブラシ、歯みがき粉、コップを入れたあと、晃太と合流。かごに十本の二リットルサイズのペットボトルが入っている。花のおもちゃにミルクもしっかり入っている。

「入れたね」

「飲むやろ、これくらい」

とりあえず、買い忘れがないかチェック。大丈夫みたいだ。

会計の時に、がま口が出てきたのには、晃太もびっくりしていた。

早めにルームに戻ろう。きっとオプションを使いたくて、待っているはずだからね。

両手にビニール袋を下げて、晃太が私の肩に手を置く。

「出ます」

景色が変わり、ルームに移動。

「すごかなあ」

晃太は感心している。荷物を置いて、ドアを開けて、両親と花をルームに入れる。

「くんくんっ」

花は私の足下にすりよって、尻尾をパタパタ。かわいかあ、たまらず撫でる私。撫でる私の手をはみはみしたあとは、晃太に同様のパタパタ、はみはみ。

「花ちゃん」

でれでれと晃太が撫でる。

「おかえり、大丈夫ね？」

「うん、大丈夫よ。時間に余裕もできたし、お母さん達ルームにおってもいいかもね」

話をしながら、ビニール袋から品物を出す。花には新しいおもちゃだ。尻尾を振ってピポピポいわせながら、遊んでいる。

「ねえ、オプションどうするか決まった？」

私が聞くと、両親が話し合ったプランを説明してくれる。

ボーナスオプションはまず、ダイニングキッチンと三畳間を選択。三畳間をどうするのかと思ったら、脱衣場にして洗濯機置き場を設置する、と。オプションはユニットバス（中）と洗濯機置き場を選択、洗面所をリフォーム。おお、お家(うち)感出てきた。

「どうかね？」

「よかやん、それでよかやん。ねえ、晃太」

「よかよー」

でれでれ、と花を撫でる晃太は軽く返事。

「まずは、ダイニングキッチンを」
ボーナスオプション　ダイニングキッチン
よろしいですか？　ＹＥＳ　ＮＯ

ＹＥＳをタップ。

カラーはどうされますか？
ホワイト　ライトブルー　木目調　ブラウン

「お母さん、色どうする？」

呼ぶと、母が私の手元を覗き込む。

「そうやね、木目調かね」

「了解」

タップ。ぼよん、と音がして、ルーム右奥に新しい部屋ができる。

「ワンワンッ」

おもちゃを落として吠える花。

「台所たい」

晃太がでれでれ。

「ああ、台所やあ」

母が新しくできたダイニングキッチンに入る。

うん、三口コンロ、グリル、シンクに上下の収納も十分。大きさは横幅二百五十センチくらいだ。

母が早速チェックして、自分のアイテムボックスから鍋やフライパン、包丁、菜箸、お玉、しゃもじ、ラップ、アルミホイル、スポンジ、食器用洗剤を出して収納していく。

「お母さん、お風呂設置するよ」

「あ、ちょっと待ってね」

バタバタと母が来る。

「じゃあ、脱衣場予定の三畳間」

タップ。ぼよん、と新しい茶色のドアが現れる。

「ワンワンッ」

吠える花。定番化してきた。

「お風呂のドアたい」

私は晃太が抱っこしている花の背中を撫でる。ドアを開けると、フローリングの三畳間。リフォームの洗面台を出して、洗濯機置き場も選択。

「では、お風呂行きまーす」

「「はーい」」

オプション　ユニットバス（中）
よろしいですか？　YES　NO

YESを選択。ぼよん。

「ワンワンッ」

ハイハイ。大丈夫よ。

中をチェック。茶色のタイルに、白い浴槽。シャワーもある。うん、お湯はり機能あり。早速お湯はり。晃太のアイテムボックスから、シャンプーやコンディショナー、石鹸（せっけん）、バスマット、洗面器を出す。

私は、今日はシャワーだけだな、あちこち擦り傷だらけで染みそうだし。

だが、その前にやることがある。あんまり遅くにするわけにもいかないしね。

私はルームから出る。

今日は神様が見てくれている気がする。やるだけやってみよう。

鍵を開けて、馬車から降りる。野営の番をしているのは、『鷹の目』のミゲル君、マデリーンさん、テオ君、『山風』からはロッシュさん、ラーヴさん。ペコリ。向こうもペコリ。

「優衣、大丈夫ね？」

一緒に出てきた母が心配して聞いてくる。

「大丈夫よ。晃太、もしもの時はよろしくね」

「ん、分かった」

成功するかどうか、分からないけど。

私はそっと、丸くなって寝ている白い二つの巨体に近づく。

片目をうっすら開ける二匹。お腹に子供を抱いている。

大丈夫よ、と私は小さく笑い、両手をそっとかざす。

神様、この二人、フォレストガーディアンウルフとクリムゾンジャガーを回復してください。私の魔力の限り。

ふわっと、魔力が抜けていく。ああ、ありがとうございます、神様。

二匹が目を見開く。ちゃんと効果が出ている。良かった。

脱水や栄養失調は食事でなんとかなるかと思うが、衰弱がひどいと父の鑑定で出たから、なんとかできないか考えていたのだ。衰弱、つまり、生命力が低くなっているんじゃないかと思って、『神への祈り』で回復できないか。衰弱から脱すれば、きっと回復が早くなる。お乳だって出る。母乳の方が絶対にいいはず。

魔力がギリギリまで抜けて、止まる。

『体が軽くなったのです』

『本当、あのだるさが嘘みたい』

効いたみたいだ。ありがとうございます、神様。

「晃太、頼むね」

「ん、分かった、掴まり」

私は晃太に手を借り、再び馬車に乗り込み、ルームに入る。

気持ち悪い。気持ち悪い。気持ち悪い。

「優衣、大丈夫ね？　横になるね？」

「うん……」

母が布団を敷いてくれる。父も花を抱えて心配そうに見ている。

私は敷き布団に倒れ込む。

ああ、良かった。このまま、栄養をきちんと取っていけば、お乳だって出るはず。

神様、今日はたくさん、ありがとうございます。

私は右手の木製の腕輪に向けて感謝を伝え、眠りについた。

第七章　家族

目を覚ます。

「あ、起きたね？」

晃太が声をかけてくる。

「大丈夫ね？」

「ん、ああ、大丈夫よ。どれくらい寝とった？」

「一時間くらい。今、親父が風呂。どうする？　入るね？」

「そやなあ、シャワーだけ浴びるわ」

起き上がるが、特になんともない。魔力回復ＳＳＳのおかげだ。

母が新しいダイニングキッチンから顔を出す。

「優衣、大丈夫ね？」

「うん、大丈夫よ」

いい匂いがする。なにか作っているんだろうな。

「なん作りようと？」

「あのお母さん達のご飯よ。ねえ優衣、コンセント追加でつけれるかね？　あとででよかけん」

「分かった、ちょっと待って」

私は立ち上がり、壁の液晶画面を取る。

レベル　20
HP　1133
残金　19500
ルーム・スキル　パッシブ　換気　ガス　電気　上水道　下水道
　　　　　　　　アクティブ　清掃（ゴミ破棄　トイレ清掃　配管清掃）
異世界への扉　・ディレックス
　　　　　　　・手芸ショップ　ぺんたごん
　　　　　　　・ペットショップ　チーズクリーム
　　　　　　　・ベーカリー　麦美ちゃん
　　　　　　　・銀の槌（つち）
　　　　　　　・もへじ生活
異世界のメニュー　利用店舗選択待ち

「コンセント、大丈夫やね」

液晶画面を持ち、ダイニングキッチンに向かう。

花が新しいダイニングキッチンで寝たまま、尻尾をパタパタ。

「大丈夫ね？」

コンロの上には土鍋が二つ。母が火を止める。出来上がったみたい。

「大丈夫よ。さ、この辺にコンセント出ますように」

タップ。ぼよん。

「ワンワンッ」

「コンセントたい」

晃太が花を抱き上げてすりすり。

「なあ、姉ちゃん、『異世界のメニュー』ってなんなん？」

「さあ、なんやろうな？」

選択店舗選択待ちとあったが、選べるのかな？

『異世界のメニュー』をタップ。


下記の店舗から四店舗から選んでください。
・JOY‐P（ジョイップ）
・CAFE&SANDWICH　蒼空（あおぞら）
・お弁当屋　サンサンサン
・和食処　さくら庵（あん）

・ラーメン屋　松太郎（まつたろう）
・中華菜館　紫竜（しりゅう）
・炭火焼き鳥　八陣（はちじん）

地元感満載。ジョイップだけは九州中心で展開するチェーン店だけど、近所にあるファミリーレストランだから、よく利用している。

蒼空は海辺のカフェで、店主の作るサンドイッチとコーヒー、その奥さんの手作りケーキが美味しい。

サンサンサンは近所のお弁当屋さん。メニューが豊富で、日替わり魚弁当は母がいつも頼んでいる。

さくら庵は私が住んでいる寮の近くの和食処で、ランチも美味しいけどデザートが特に美味しい。抹茶を使ったシフォンケーキ、ガトーショコラ、ロールケーキ、プリン、ティラミス、お茶を使ったドリンクメニューも充実していて、抹茶パフェは女性に人気だ。夜勤明けでハイテンションの時に行って、ランチして、がっつりデザート食べました。

松太郎は豚骨（とんこつ）ラーメンの店で、餃子（ぎょうざ）と炒飯（チャーハン）が美味しい。晃太行き付けのラーメン店だ。

紫竜は安くてボリューム満点の中華料理屋さんで、ここに来ると父は豆腐が美味しいと言って、麻婆豆腐定食しか頼まない。

八陣は居酒屋さんで、家族が揃うと必ず行くと言っても過言ではない。焼き鳥も美味しいが魚系も美味しくて、豊富なメニューが揃っている。晃太はボトルキープしてます。

「松太郎と八陣」

晃太が素早く反応。

「ネギゴマラーメン、花火納豆」

「分かった分かった。四つ選べるから、一人一つたい」

「なんね？」

コンセントに炊飯器を接続した母が液晶画面を覗き込む。

「この中から選べるんよ、お母さんどれがいい？」

「そうやなあ、紫竜かね？　中華食べたか、あ、でも、サンサンサンも捨てがたかね」

「一人一つよ」

「姉ちゃんはどれにすると？」

「最後に残った中から決めるよ」

多分、松太郎と紫竜と八陣は決定かな。

私はどうしようかな？　久しぶりにカフェメニューもいいなあ。ジョイップも捨てがたい。うーん、悩む。

テーブルの上に液晶画面を置き、頭を寄せ合っていると、父が風呂から出てくる。

「あ、優衣、大丈夫ね？」

「大丈夫よ、お父さん、ちょっと来てこれ見て」

私が液晶画面を見せて、説明する。

「一人一つよ、なにがいい？　あ、花、ダメよ」

興味津々で覗いていた花が、ぴょんとテーブルに飛び乗る。

「ダメよ、おんりしなさい」

花の小さい足が液晶画面をタップタップタップタップする。

まあ、私がタップしないと、ダメなはず。今まで、オプションとか、そうだったしね。

花を膝に乗せて液晶画面を確認。

選択店舗　ＪＯＹ‐Ｐ（ジョイップ）、ＣＡＦＥ＆ＳＡＮＤＷＩＣＨ　蒼空、お弁当屋　サンサンサン、和食処　さくら庵、決定しました。
次のレベルアップをお待ちしております。

私達は悲鳴を上げた。

「ネギゴマラーメン、花火納豆………」

晃太が落ち込んでいる。

あのあと、選択店舗はＨＰを使って利用解除できると出たが、なんと解除に必要なのは三十万ポイント。今の残ポイントは６３３。足りない。全然足りない。液晶画面を試しに父が操作してみたが、まったく反応なし。私にしか反応しないので、もしかしたら、あの『異世界のメニュー』だけ

特例なのかもしれない。だが、確認するにはレベルを上げる必要がある。レベルアップした時の推察から、『異世界のメニュー』は私自身のレベルに関連しているようだった。レベルが10ずつ上がると新しいスキルが解放されていたし。なら、次はレベル40か、あー、無理な気がする。今回はたまたま、あの投げた石のおかげでレベルアップしただけだしね。レベルって高くなればなるほど上がりにくくなるからね。ゲームの中でもそうだが、この世界でもそう、これ、ディードリアンさんから聞きました。

レベル、そうレベル。

なんと、両親と晃太もレベルが上がっていた。多分、経験値獲得時一部連動獲得があったからだ。父のレベルが18↓22、母が14↓19、晃太が7↓14。

「姉ちゃん」

「なんね?」

「ちょっと、熊、倒してこんね?」

「張ったおすよあんた」

晃太が落ち込みのあまり、とんでもないことを言う。

父の鑑定で、この経験値一部獲得（長いので略すことにした）は、経験値を獲得した時に、年齢の半分の割合で分け与えるスキル。つまり、私が熊を倒したことになり、通常の五倍経験値を貰い、その約十五パーセントを家族に割り当てられたことになり、レベルアップに繋がった。

「とにかく、地道にＨＰ貯めるしかないやろ」

まあ、最低二年以上はかかるなあ。一ヶ月で『ルーム』を使って貯まるのは約10000ちょっと。確か、最高13000だったかな。多分、その内『ルーム』のレベルも上がるだろうし。それに伴ってHPも増えるはず。

当の花は私達の悲鳴に驚き、怖がり、垂れ耳を更に下げて、情けない顔で尻尾を下げたので、怒る気が起きない。今、晃太が頬擦りしている。

試しに『異世界のメニュー』を開いたが、ジョイップだけしか開かず。他は本日の営業時間は終了しましたと。二十一時三十五分。『異世界への扉』も営業時間は向こうの時間に準じていたから、こちらもそうなんだろう。ジョイップは二十四時間営業だ、試しにタップすると、お馴染みのメニューが出てきたが、表示されているのは三割ほどで、空白が多い。レベルアップしたら増えるかな？

枝豆を選ぶ。メニューに触れて「お願いします」と言うと、ぽんっとテーブルの上に出た。花が興奮。

まあ、出たから食べた。枝豆のカラと皿はどうなるのかな？「ご馳走さま」と言うと、枝豆のカラと皿が消えた。

あ、きっとこれがチートって能力なのかな？　代金は『ルーム』の残金から引かれていた。

「おはようございます」

翌日、馬車から降りて、皆さんにご挨拶。

「おはよう、ユイさん」

エマちゃんが笑顔でやってくる。足下には翠の目の仔。

「この子かわいい。クリムゾンジャガーの子供ってかわいい」

「そうね」

「にゃあ」

私の足下にじゃれつく翠の目の仔。

他の仔達も、元気だ。冒険者の皆さんにじゃれている。一番大きな仔は、パワフルだ。

「うわあっ」

ハジェル君のズボンのポケットを咥(くわ)えて、引きずり下ろそうとしている。うん、うん、かわいいか、微笑ましい。って、違う違う。慌てて止める。めっ。

お母さん二匹は、穏やかに見ている。私は翠の目の仔を抱き上げる。

「おはようございます、ユイさん」

リーダーさんが声をかけてくる。

「おはようございます」

「昨日、随分疲れていたみたいですが、大丈夫ですか？」

昨日？　あ、『神への祈り』で魔力が全部抜けて、晃太に手を借りたから。それを見たんだね。

「はい、大丈夫です。ぐっすり寝ましたから」

「ならいいですが、ユイさん、回復魔法使えます？」

「いいえ、私はまったく」

「にゃあ」

神様のおかげです。

誤魔化さないと。リーダーさん、微妙に納得してないけど、母が朝ご飯の準備ができたと声をかけたので、なんとか切り抜ける。

皆さんに朝ご飯の配膳をし、五匹の仔達にはミルクだ。

お母さん二匹には、昨日母が新しいキッチンで作ったお粥を出すが、食べようとしない。

「どうしたん？」

具合悪いのかな？　やはり昨日の回復程度では、無理だったのかな？

『昨日』

フォレストガーディアンウルフが顔を上げる。

『昨日の夜、私達になんの魔法をかけたのですか？』

あ、『神への祈り』か。私は声を潜（ひそ）める。

「あー。あれね。ここで説明はちょっと。私のスキルなんだけど」

『ルーム、という気配を遮断する別空間に関連しているの？』

今度はクリムゾンジャガーが顔を上げる。

「あれとは別口。あまり知られたくないから、あとで説明するね。なんか、具合悪いの？」

『いいえ、良すぎてびっくりなのです』

『ええ、本当に』

「そう、良かった。ご飯どうする？　食べられる？」

効果あったみたい、良かった、体調いいんだ。

『食べるのです』

『食べるわ』

ようやくお粥を食べる二匹。気持ちいい食べっぷり。

一応父に二匹の鑑定をお願いしよう。状態を把握しないと。

私も朝ご飯。サンドイッチを食べていると、パーカーさんがおずおずと話しかけてくる。

「あの、ユイさん、あのフォレストガーディアンウルフとクリムゾンジャガーとは契約をしていないと聞きましたが」

「ええ、してません。契約方法も分からないし、お母さん達の体調が戻って、安心して子育てできる場所を見つけるまでです」

「そうですか、その言いにくいのですが、アルブレンには入れないかもしれません」

「はい？」

パーカーさんの説明はこうだ。

基本的に魔物は街には入れない。そりゃそうだわな。ただ、テイマーが従魔として管理できている魔物に関しては大丈夫だが、それには契約をしているのが絶対条件らしい。

なら、私だけ街には入らず、外でずっとルームで過ごすしかないのかな？　うーん、困る。

「どうしたら、問題なく街に入れます？」

念のために聞いてみる。

「安全だと言ったとしても厳しいでしょう。なんといってもフォレストガーディアンウルフにクリムゾンジャガーですからね」

パーカーさんは、一つ息をつく。

「しかも、こんなにかわいい子供がいます。目をつけられます」

「困りましたね、なんとかならないんですかね？」

「そうですなあ」

パーカーさんも思案顔。

「難しく考えなくても、手はありますよ」

紅茶を飲んでいたマデリーンさんが、解決案を提示してくれる。

「契約してるみたいに見せればいいんですよ。とにかくアルブレンに入れさえすれば、こっちのものですからね」

「その手段は？」

「仮契約しているように見せるんです。従魔は基本的に首に鎖を巻いていますから、それっぽいのを巻いて、アルブレンを抜けるんです」

鎖かあ、なんかなあ、やだなあ。うーん、うーん、首に鎖。

モコモコした花の後ろ姿が目に入る。首にはピンクのバンダナ。

あ、そうだ、鎖じゃなくてバンダナとかいいよね。お母さん二匹は白の毛並みだし、赤とか似合いそう。よし、ここは我が母の出番だ。

私は母にバンダナの件を説明する。

「まかせんしゃい」

頼もしい。パーカーさんに、バンダナで対応することを伝える。

朝ご飯の片付けをして、私は二匹にバンダナの説明をする。

『仕方ないのです』

『そうね。鎖って、あれよね、ガチャガチャいうのよね？　あれ、私嫌だもの』

「ありがとう、それとさ、あなた達の名前は？」

うっかり聞いていなかった。

『名前？　私はフォレストガーディアンウルフなのです』

『クリムゾンジャガーよ』

「それは、種族の名前やろ？　えー、そうやね、個体識別するのに名前があると便利なんだけど」

どうする？　みたいに顔を見合わせる二匹。

「私は優衣っていう名前がある。弟は晃太、お父さんは龍太、お母さんは景子よ。あなた達は？

あだ名みたいなのでもいいけど」

ペロッと口を舐める二匹。しばらくはお世話するからあると便利だし。

「仮の名前、付けてもいい？　そっちの方が便利なんだけど」

『いいのです』

『そうね、任せるわ』

よし、家族会議だ。

「あとさ、体調戻ったら、元の森に戻る？」

私の言葉で顔を見合わせる二匹。

『実は私達は移動していたのです』

「どこに？」

『ここから東、私達の兄を頼ろうと思って』

「兄？　ねえ、種族は違うよね、あなた達姉妹？」

魔物の生態が分からない。どう見ても、犬系と猫系だよね。

『違うのですが、姉妹みたいなものです』

ふーん。仲良しさんなのね、種族が違っても。聞きたいが、聞けないことがある。それはそれぞれの伴侶についてだ。子供がいれば当然伴侶がいるはずなのだが。だが、あんな状況だった。そのうち、聞いてみよう。

「分かった。とにかく東に向かおうかね。じゃあ、仮の名前を決めようか」

緊急家族会議。

クリムゾンジャガーのお母さんの名前はすぐに決まった。ルージュだ。目が鮮やかな赤いルビーみたいな色だし、なんといってもクリムゾンだからね。ちょっと響きをおしゃれにした。

『気に入ったわ』

良かった。

そして、右脚を食いちぎられていた翠の目の仔は、雌でルージュの第二子。ヒスイと名付ける。うん、ぴったり。もう一匹のクリムゾンジャガーの仔は雄で、ルージュの第一子。綺麗に澄んだ黄色の目なので、コハクとなる。

フォレストガーディアンウルフのお母さんの名前は揉めたが、イタリア語の白ワインの単語にちなんで、ビアンカ。右目が緑で、左目が青のオッドアイだ。晃太の意見を採用しました。随分しゃれとう名前が出てきたね。

『いいのです』

仲良く遊んでいるフォレストガーディアンウルフの仔、柴犬サイズの二匹は雌。第二子、鮮やかな青い目が夏空みたいなのでルリ。第三子は右目は水晶みたいに澄んでいて、左目は赤のオッドアイ。悩んだが水晶みたいに澄んだ目を見て、クリスタル。長いのでクリスとなる。二匹はきょとんとしている。

最後はあの一番大きな仔。ビアンカの第一子で雄。母親と同じ右目が緑、左目が青のオッドアイだ。コハクと遊んでいる。うん、跳ねている。ずーっと跳ねている。ひたすら走り回り、走り回り、母ビアンカが前脚で押さえている。

決まりました、元気(げんき)です。何故か日本名だが、満場一致で決定となった。

名前が決まり、アルブレンに向かって出発。

ビアンカとルージュの歩調に合わせる。というか馬が合わせてくれる。本当に賢い。

父が出発前に状態を把握するために鑑定。まだ、五匹の仔達の脱水と栄養失調は全快していない。良くなってはいるようだが、まあ、仕方ないか。ミルクをたっぷり飲ませよう。ディレックスに行かねば。あ、ペットショップのチーズクリームにも売っているはず。行かねば。

ビアンカとルージュもまだ脱水と栄養失調。そして衰弱に関しては、極限状態から脱してはいるが、まだ、十分衰弱状態。馬車に乗る前に『神への祈り』を使ってみたが、反応なし。今日は神様忙しいんやね。昨日、たくさんお願いを聞いてもらったし。

馬車に乗る時に、私達の乗る馬車に五匹の仔達も乗せた。うっかり馬車の下に潜り込んだら大怪我だからね。さすがに五匹もいると、ちょっと狭いが仕方ない。

それでちょっと騒動が起きた。

私がルームを開けた瞬間に元気が入り込み、気配が消えたのに驚いたビアンカが、馬車のドアを引っ掻いたのだ。ドアにがっつり傷が入ったうえに慌てる慌てる、冒険者の皆さんがね。リーダーさん曰く、束になっても勝てないって言ってたし。元気を私と晃太で捕まえたあと、晃太が抱えてルームの外に。晃太の代わりに母と花が入る。

「じゃあ、ぺんたごんに行ってくるね」

「優衣、時間に気をつけるんよ」

「分かった」

私はぺんたごんのドアを出し、入る。

やはりレベルアップの影響で、品数が増えている。さて、バンダナはどの布にしようかな。布コーナーで、赤のギンガムチェックを選ぶ。これはビアンカとルージュのバンダナだね。あとは、あ、かわいいのがある。肉球の柄だ。白い肉球スタンプ柄で、赤はヒスイ、ルリ、クリス。青は元気とコハクに。それからいくつかの綿や麻の布を手にして、裁断コーナーで十メートルで裁断を依頼する。中には長さが足りないものもあるが、「取り寄せお願いします」と言うと、十メートル分出てきた。この「取り寄せお願いします」を発見した時は驚いた。父ができないのかって聞いてきて、試しにしたらできました。半分以上は数日お待ちくださいと出たりするが、レベルアップのおかげか、今回はすんなり全部出てきた。お会計をする。ディレックスと同じ赤いがま口が出てきた。支払いを済ませる。

「出ます」

私はルームに移動していた。

「お帰り、大丈夫ね？」

「うん、お母さんこれ、これはビアンカとルージュね。これはヒスイとルリとクリスで、これは元気とコハクね」

「分かった。ミシン使うけん、花と出とって」

「分かった」

私は布を母に渡し、すり寄ってきた花を抱き上げる。モコモコが更にモコモコになってる、最近暑くなってきたからしんどいだろうなあ。あ、ペットショップチーズクリームに、花を連れていけないかな？　カットとシャンプーをしてもらいたい。まあ、移動中は無理か、アルブレンに着いてから考えよう。

私は花とルームを出る。馬車の中で、かわいい仔達がわちゃわちゃしている。あ、レースのカーテンが。あ、座席が。これは弁償だなあ。


「どう？」

お昼休憩の時、皆さんに食事を出してから、早速バンダナを巻いてみた。

うん、白い毛並みだから、よく似合う。

『思ったよりいいのです、ルージュ、似合ってるのです』

『ええ、柔らかいのね、ビアンカも似合うわよ』

お気に召していただいたようだ。

互いに名前で呼び合っているから、仮の名前も気に入ってもらえたみたい。

五匹の仔達にも巻く。まあ、捕まらない、元気が。私と晃太、エマちゃんとテオ君、ミゲル君で追いかけてやっと捕まえる。毎回これはきつか。

はじめは巻かれたバンダナが気になっていたようだが、しばらくしたら慣れたみたい。コハクと遊んでいる。うん、かわいいかあ。

「あの、ユイさん、そのバンダナの布は？」

パーカーさんが恐る恐る聞いてくる。ぺんたごんで買いました。

「ちょっと手に入れまして」

私達の貴重な収入源です。

「あのよろしければ、その、布を見せていただきたいのですが……」

テーラーさんだから、品質の違いが分かるのね。

「いいですよ、どうぞ」

私は位置をずれる、そうビアンカの前から。

ひぃっ、と怯えるパーカーさん。

『なにもしないのです』

「ですって」

通訳するが、パーカーさんは逃げ腰だ。仕方ないか、ランクの高い魔物だし、大きいからね。晃太がアイテムボックスから、青のギンガムチェックの布を出す。

「これは素晴らしいですね、鮮やかな青でございますな」

じっくり見るパーカーさん。商人ギルドのボナさんが太鼓判を押してくれたものだしね。

「これは、商人ギルドに買い取りに出されるのですか？」

「はい。私達には販路がそこしかありませんから」

私達には身分証がない。そんな者と個人事業主は取り引きしないだろう。あの時買い取りしてもらったものはボナさんが査定したというお墨付きのうえで、他の反物屋さんに卸されるはず。

「あの良ければ少しだけでいいので譲っていただけないでしょうか？　もちろんお代は払いますので」

「いいですけど？　なんでです？」

パーカーさんはちょっとはにかむように笑う。

「実は娘が半成人を迎えるので」

ユリアレーナでは成人は十五。その半分にあたる七歳で、半成人をお祝いする習わしがある。七五三だね。その半成人は教会で祝福をもらうのだが、七五三と同じようにおめかしするという。女の子はボレロとワンピース。男の子はベストとネクタイ。娘さんだからワンピースだね。かわいいワンピースを作ってあげたいのだろう。

「親バカと思われるでしょうが、娘は私達家族の宝なのです。実はもう一人娘がいたのですが、半成人を迎えずに亡くなりまして。そのあとで生まれた娘ですから、上の娘にしてあげられなかったことを、精一杯してあげたいんです。今回の布市でたくさん仕入れましたが、これ、というものがなくて」

「そういう事情でしたら、どうぞどうぞ。他にもありますよ。青以外の色もあるし」

「ああ、娘は青が似合います」

いくつかの青系の布を出す。花柄や水玉模様も出した。この前、マーランの首都で、反物屋さんを巡り、柄物も普通にあるので手に入れておいた。ただ、数は少ないし高めだった。

パーカーさんは悩んだ末に、水色の細かい花柄と同色の無地、オフホワイトの無地を選ぶ。

「こんなお安くてよろしいんですか？」

「大丈夫です、安く譲ってもらったので、こちらも損はしていないんですよ」

原価で売りました。ささやかだけど、お祝いだ。

パーカーさんとジョシュアさんが嬉しそうに布を広げていた。

「花柄はワンピースだな」

「そうだね。この白でボレロを作ろう。きっと似合うよ」

本当に嬉しそうに広げている。


その後、ミゲル君達に昨日の支援魔法について熱心に聞かれた。

「コウタさん、支援魔法を使えるんですね」

ミゲル君がキラキラとした目で聞いている。

「使えるといっても、レベル低いし、人にかけたのは昨日が初めてでしたし」

「でも、すごかったですよ。ユイさん、めっちゃ速かった」

熱弁するミゲル君。

「そんなに支援ってすごいんですか？」

魔法使いのマデリーンさんに聞く。

「はい。結構地味な魔法と思われますが、これがあるとないとでは、戦闘の進みが違います」

マデリーンさんが説明してくれる。

「基本の力に、レベルによって様々な恩恵があるんですよ。例えば火魔法なら筋力アップ、風魔法なら足を速くしたり」

「なるほど、マデリーンさんも使えます？」

「いいえ、私は攻撃魔法専門です。支援魔法は生まれつきのスキルですからね。パーティに一人は欲しいです」

「へえ、でも、確か、魔法スキルが上がれば支援できるようになるって聞いたことありますが」

ディードリアンさん情報。あのフィリップさんが、高い火魔法スキルでできるみたいなことを聞いた記憶がある。

「レベルが高ければです。私なんてまだまだ無理ですよ」

フィリップさん、すごい人だったんだ。

「ちなみに、支援魔法を全属性使えるっていうのはありますか？」

「全属性？　まさか、ありませんよ。普通は一つ、多くて三つですよ。あ、確か伝説の勇者のパーティに賢者がいて、全属性使えたと聞きました」

また、勇者だよ。

晃太のアイテムボックスＳＳＳに加え、支援魔法（全属性）知られたらまずいことになる。

アイコンタクト。

晃太も飄々(ひょうひょう)とした顔で、分かっとお、と。

ミゲル君のキラキラ攻撃をのらりくらりと避けて、昼食終了。馬車に乗り込む。

そしてアルブレン行きの最後の結界石に到着。

「おそらく明日の夕方前にはアルブレンに到着します」

リーダーさんが説明してくれる。

いよいよアルブレン、ユリアレーナだ。長かったなあ。

「エマちゃん、テオ君、明日はなにが食べたい？」

私が聞くと、二人は嬉しそうに考える。

ミゲル君がアピールしているので、ミゲル君にも聞く。

「カレーッ」

ミゲル君が叫んだ。チュアンさんが肩を掴んで以降は沈黙させている。

「ミゲル君はカレーですね。リーダーさんは？」

「いや、俺はなんでもいいんです」

「なんでもが困るんですよ」

「そ、そうですか、なら、俺もカレーかな？」

「チュアンさんとマデリーンさんは？」

二人ともカレーでいいです、と。

「エマちゃん、テオ君、決まった？」

聞くと、エマちゃんはもじもじしながら小さく——

「ハンバーグ」

テオ君は照れながら――

「唐揚げ」

かわいかあ。

まかせんしゃい、ディレックスの蓮根、合挽き、かしわ、カレー粉、玉ねぎ、人参、じゃがいもを買い占めよう。あ、いけん。

「皆さんもそれでいいですか？」

パーカーさん親子、『山風』の皆さんもカレーで大丈夫と。

いけんいけん、食費をもらっていたからね。

明日までに新しい台所で作らなくては。よし、いつもの三倍だね。

『カレーとはなんなのです？』

『ハンバーグと唐揚げも気になるわ』

ビアンカとルージュが迫ってくる。

「ダメよ、玉ねぎとかダメやないと」

『玉ねぎ？』

首を傾げる二匹。

「食べられるか分からないものはダメよ。まだ、衰弱しているんやろ？　お腹壊したら大変やろう」

むう、みたいな二匹は、とことこ父のもとへ。

『カレーが食べられるか鑑定してほしいのです』

『ハンバーグと唐揚げもね』

甘えるように、すり寄っていく。ビアンカやルージュの食事は父の鑑定で、オッケーが出ないとダメということになっているのだ。でもさ、鑑定をそういうことに使うのはちょっと違うよ。

父は困った顔だが、すぐに返答。

「今はやめとき」

あ、ビアンカとルージュの向こうで、母がすごい形相だ。素早く察知した父は拒否。ベテラン夫婦の阿吽の呼吸だ。

ええー、みたいな二匹は、ちょっとくらいダメ？　と更に父にすり寄るが、父の返答は変わらない。ただ、巨体二匹にすり寄られ、危うく押し潰されそうになっている。やめて。

本日の夕ご飯は鍋。生姜鍋だ。たっぷりのかしわに鶏団子、白菜、えのき、椎茸、人参、ネギ、豆腐。足りないだろうから、冷凍のシュウマイも入れる。こちらの世界にも、シュウマイみたいなものがあった。ビアンカとルージュにも、同じ出汁で母がおじやを作っていた。

「美味しいっ」

「あつ、これ、旨いっ」

ばくばく食べるエマちゃんとテオ君。

「スープは残してね。締めがあるからね」

「「はーい」」

リーダーさんの、こら、が飛ぶがお構いなし。

パーカーさん親子も美味しそうに食べているし、『山風』の皆さんも競うように食べている。

「なんか、この肉柔らかっ」

「丸いの旨(うま)いっ」

「スープ最高っす」

ラーヴさん、マアデン君、ハジェル君が気持ちのいい食べっぷり。

良かった良かった、好評で。ロッシュさんもシュタインさんも、黙々と食べている。

『美味しいのです』

『体が温かくなるわ』

生姜(しょうが)ですからね。ぺろり、と大きな鍋が空になる。合計五合のおじやが空に。

「本当に美味しいですね。この白いのは、なんですか？」

パーカーさんが豆腐を食べながら聞いてくる。

「それは豆を使った豆腐という食べ物ですよ」

「豆ですか」

「作り方は分かりません。私達も作ってあったのを買っただけですけどね」

「そうですか。でも、お母様の料理はどれも美味しいですな」

豆腐がお気に召したパーカーさんは美味しそうに食べている。さて、皆さんの分の締めを、と。

『足りないのです』

『足りないわ』

迫るビアンカとルージュ。五匹の仔達はミルクをたっぷり飲んで、ひっくり返って寝ている。お腹ぽんぽん。ああ、かわいいかあ。写真撮りたい。めっちゃ撮りたい。肉球、ピンクだあ。花の肉球は茶色なんだよね。

母が追加でおじやを出す。がつがつ食べる二匹。

締めの洗った冷やご飯を入れて、醤油を入れて、うまみ調味料、卵を流し入れる。はい、出来上がり。

「はい、熱いからね」

「「はーい」」

笑顔のエマちゃんとテオ君。いっぱい食べてね。


「よいしょ」

夕食後、馬車に引き上げる。私と晃太はディレックスに行き、ビニールを下げて出る。ルームの中に料理の匂いが漂っている。

「お帰り、大丈夫ね？」

母が台所から顔を出す。花もぱたぱた尻尾を振って出てくる。

「花ちゃん、ただいまあ」

もふもふ、いや、もこもこボディを撫で回す。

「優衣、手伝って」

「はいはい」

私はビニールを持ち、台所に。

さあ、カレーを作ろう。我が家はチキン派なんだけど、今日はビーフカレーも作ろう。花は晃太に任せて、私と母はリクエストのカレーとハンバーグ、唐揚げを作る。私はカレーの下拵え、人参、玉ねぎ、かしわを大きく切って炒めて鍋に入れて煮込む。次に人参、玉ねぎ、牛肉を大きく切って炒めて鍋に。あとは灰汁を取りながら煮込むだけ。じゃがいもは最後。それが我が家のカレーだ。花が晃太の腕から降りて、台所と母の間に居座っている。いつも、料理をしていると、必ず足の甲の上に微妙にくっついて居座る。

母はせっせとかしわを切り分けて、醤油や生姜、酒、みりんに漬け込んでいる。晃太はフードプロセッサーで蓮根を細かくしている。明日の最後の食事のために。

一ケ月半、護衛してくれた『鷹の目』の皆さんのために。いろいろご迷惑かけたしね。

唐揚げの仕込みが終わった母が、ハンバーグを形成する。コンロが足りず、ホットプレートで次々にハンバーグを焼き上げ、バットに移す。

私はせっせと灰汁を取りながら、カレーを煮込み続けた。


最後の食事。

カレーがメイン。それに、それぞれ好きなものをトッピングしてもらおうといろいろ準備した。

エマちゃんリクエストのハンバーグ（ちょっと小さめ）、テオ君リクエストの唐揚げ、ゆで卵、メンチカツ、エビフライ、蒸し野菜だ。メンチカツとエビフライは冷凍食品を使用させてもらった。時間が足りなくて。一応マヨネーズ、オーロラソース、ごまドレッシングも準備した。

カレーはチキンとビーフ、それぞれいつもの二倍ずつ。お米も炊きました、合計三升。冒険者の男性陣はよく食べるからね。

ものすごい視線を感じる。

「さあ、皆さん、どうぞ」

母が声をかけると、わっと駆け寄るエマちゃん、テオ君。

「こら、二人とも」

母と私でカレーを盛って渡し、それぞれ好きなものをトッピングしてもらう。

「いいじゃないですか。さ、リーダーさんどうぞ」

みんな、大興奮だ。

「わーい、私ハンバーグッ、あとねあとね、これなあにユイさん？」

「エビフライよ、このピンクのソースをつけても美味しいからね」

「俺、唐揚げ。ねえユイさん、これなに？」

「メンチカツよ。細かくしたお肉を丸めて揚げてあるの、カレーにつけてもいいし、ピンクのソースでも美味しいよ」

説明すると、エマちゃんはハンバーグとオーロラソースをかけたエビフライ。テオ君は唐揚げにオーロラソースをかけたメンチカツを選ぶ。

「あの、こんなにたくさん、いいんですか？」

リーダーさんが心配そうに聞いてくる。

「大丈夫ですよ、さあ、リーダーさんもたくさん食べてくださいね」

私は大盛カレーをリーダーさんに渡す。

「早くしないと、ビアンカとルージュが来ますよ」

そう、後ろで父と晃太が必死にガードしている。

『たまらないのですッ』

『一口ッ』

衰弱者がなんば言いようと。てか、一口って、私達四人分のお肉でしょうが。

父の鑑定では、二匹が人間の食べ物を食べても、特に問題はないと出たが、念のためだ。母乳も出ないほど衰弱していたのだから、体調回復するまではダメ、ということで、家族間で決まった。

大丈夫なことは伏せて二匹には、そう言ったんだけど……

『本当にダメ？』

『少しでいいの』

父に甘えるようにすり寄る二匹。やめて、ひっくり返るから、父が。

「クンクーン」

「きゅんきゅん」

「クウーン」

「にぁあにぁあ」

「みぁあみぁあ」

足下で必死に訴える五匹の仔達。あんた達こそダメよ、まだ、おっぱいでしょう。

結局、二匹には体調回復したらたくさん作るからと母が約束し、落ち着いた。ものすごい恨みがましい視線を寄越すけど、無視。

「さ、どうぞ、リーダーさん」

「ありがとうございます、ユイさん」

リーダーさんはハンバーグとマヨネーズを付けたゆで卵、ごまドレッシングをかけた蒸し野菜。

「感謝します。いつも、美味しい食事を作ってくださり感謝します」

チュアンさんが礼儀正しくカレーを受け取る。いつもチュアンさんは食べるときに、誰よりも熱心に祈りを捧げてくれる。

「さあ、チュアンさん、どうぞお好きなものを」

「ありがとうございます」

チュアンさんは唐揚げとマヨネーズ付きゆで卵、ごまドレッシングのついた蒸し野菜。

「マデリーンさん、どうぞ」

「ありがとうございます。ケイコさんのご飯、今まで食べた中で最高に美味しかったです」

そう言われて母は嬉しそう。

マデリーンさんはエビフライとごまドレッシングをつけたたっぷりの蒸し野菜を選ぶ。

「はい、ミゲル君」

「うう、これが最後なんて寂しいなあ。ケイコさんがレストランを開いたら絶対行きますからね」

母は更に嬉しそうだ。ミゲル君はハンバーグとメンチカツを選んだ。

『山風』の皆さんも悩みながら選ぶ。

「ロッシュさん、シュタインさん、ご迷惑をおかけしました」

「いいえ、気にしないでください」

「そうですよ。俺は自分で行ったんですから」

ロッシュさんはメンチカツとマヨネーズ付きゆで卵、蒸し野菜。シュタインさんはハンバーグとごまドレッシングをかけた蒸し野菜を選んだ。

ラーヴさんは唐揚げ、エビフライ。マアデン君とハジェル君は仲良くハンバーグと唐揚げを選んでいる。

「本当にミズサワさん達には驚かされましたが、いろいろありがとうございました」

パーカーさん親子も深く感謝してカレーを受け取る。多分、布を安く売ったからかな。パーカーさんはエビフライとごまドレッシングをかけた蒸し野菜。ジョシュアさんはマヨネーズ付きゆで卵とメンチカツ。

「では、ミズサワさん達に感謝して」

「「「「「いただきまーす」」」」」

がつがつ、がつがつ。うん、いい食べっぷり。

「ハンバーグ美味しい、ケイコお母さんのハンバーグ、一番好き」

「唐揚げ、いくつでも食べれる」

エマちゃん、テオ君にも大好評だ。母が嬉しそう。

「私、ミズサワさんとこの子になる」

「ずるいぞ、エマ、俺だってなりたい」

「こら、エマ、テオ」

お馴染みのこらが飛ぶ。

「ふふ、エマちゃんやテオ君みたいにかわいい子だったらいつでも大歓迎ですよ」

私が言うと、エマちゃんテオ君の顔に、輝くような笑みが浮かぶ。

「こら、二人とも」

リーダーさんが静かに諭して、しゅん、となる二人。

「エマちゃん、テオ君、まだたくさんあるからいっぱい食べてね。皆さんもどうぞ、たくさん食べてくださいね」

「「「「はーい」」」」

「食後に甘いお菓子ありますからね」

「「「「はーい」」」」

うん、食べ盛りの男性の食欲が恐ろしい。

私達も食べたけど、三升のご飯が綺麗になくなり、トッピングもなくなった。カレーも空っぽ。食べる食べる。気持ちいいくらいに。

母が片付けている間に、私は食後のデザートだ。

行ってみました、銀の槌。やはり、あの住宅街にある小さな店だった。ケーキは少ないが、とりあえず皆さんの分は揃えた。

あまおうのショートケーキ、オレンジのムースケーキ、チョコレートのムースケーキ、抹茶と小豆（あずき）のロールケーキ、アップルパイ、モンブラン、チーズスフレケーキ。なんとか『鷹の目』の皆さん、『山風』、パーカーさん親子の分を確保。

ケーキの説明をすると、まあ、皆さんの顔がすごいことに。

「あの、こんな高級なお菓子、よろしいんですか？」

ロッシュさんとパーカーさんが心配そうだ。

「はい、大丈夫ですよ。実は安く譲ってもらったので」

どうぞどうぞ。

リーダーさんはオレンジのムースケーキ、チュアンさんはショートケーキ、マデリーンさんは抹茶と小豆（あずき）のロールケーキ、ミゲル君はチーズスフレ、エマちゃんはチョコレートのムースケーキ、テオ君はアップルパイだ。エマちゃんとテオ君は少しずつ交換している。

パーカーさんは抹茶と小豆（あずき）のロールケーキ、ジョシュアさんはショートケーキ。

ロッシュさんはモンブラン、シュタインさんはオレンジのムースケーキ、ラーヴさんはチーズスフレケーキ、マアデン君はモンブラン、ハジェル君はアップルパイだ。

大好評で大興奮だ。

「甘いっ」

「めっちゃ旨(うま)いっ」

うん、良かった、好評で。早く食べてくださいな、ビアンカとルージュが今にも殺気を出しそうですから。花も晃太に抱っこされながらのたうち回る。

『いつになったら食べれるのです？』

『私達、もう、大丈夫よ』

「ダメよ、甘いのは乳腺がつまるかもしれないからね」

父に必死に訴える二匹に、私はばっさり答えた。


アルブレンの街。

警備兵さん達が勢揃いで並んでいる。

私達の馬車の手綱を握っていたリーダーさんが、降りて説明してくれているが、父と私も降りて加わる。髭(ひげ)の警備兵さん、隊長さんかな、ビアンカとルージュを警戒しまくってる。

私はまず、木札を見せる。

「仮保証の木札ですか。あの二匹の主人は？　あなたですか？」

父に警備兵さんが聞く。

「いいえ、違います」

私が説明に入る。

「仮契約なんです。誰にも襲いかかりません。とても賢いんです」

私はビアンカとルージュを呼ぶ。大人しくとことこ来る二匹。おお、と歓声が上がる。

「とても、大人しいんです」

「そのようですな、しかし、本当に大丈夫ですか？」

「大丈夫よ、ね、ビアンカ、ルージュ」

『ええ、人なんて襲っても、いいことないのです』

『そうね、逆に面倒だわ』

「ですって」

私が通訳。

「なるほど、仮契約しているだけのことはありますね。意志疎通ができているようですね」

ほっとした表情の髭（ひげ）の警備兵さん。

『ただし、もし、私達の大事な子供達に手を出したら容赦しないのです』

『ええ、許さないわね』

「ですって」

ひぃ、みたいな表情になる髭（ひげ）の警備兵さん。

「こ、子供？」

「はい、おいでみんな」

馬車に乗っていた五匹の仔達を呼ぶと、元気を先頭に飛び出してくる。

更に歓声。かわいいからねえ。

元気が髭の警備兵さんの足下に駆け寄り、ちょっと匂いを嗅いで納得したのかすぐに走り回る。

コハクも走り回り、ルリとクリスも走り回る。

「なんね、抱っこね？」

ヒスイは私の足下。後ろ脚で立ってる。はいはい、かわいかねえ。

「かわいいでしょう？　私達もこの仔達に手を出したら許しませんよ」

「は、はあ。とにかく、トラブルを起こさないでください。なにかあれば、仮契約しているあなた方の罪になりますよ」

「はい。大丈夫よね、ビアンカ、ルージュ」

『大丈夫なのです』

『問題ないわ』

本当に大丈夫かな？　念のために街に入るにあたって、いろいろ約束したけど。

まず、街の人にケガをさせない。無闇に走り回らない。建物、店の商品は勝手に手を出さない、壊さない。売り物は絶対に勝手に食べない。

なんでも、ビアンカとルージュは、母親に人間の街や生活の流れについて大体教わっていたそうだ。良かった、理解が早くて。

問題は走り回る仔達だ。特に元気とコハクが。走り回ってなんとか元気を確保する。コハクはルージュが呼ぶとすぐに戻ってくるからありがたい。ルリもクリスも母ビアンカにべったりだ。

髭の警備兵さんに再度釘を刺されて、ようやくアルブレンに入れた。四人で一万六千G払った。

大きな街だ。さすがにパーカーさん、おすすめの街。だけど人々の活気はない。みんな、しんとして私達を見ている。

まずはまっすぐギルドに向かう。

滅茶苦茶注目の的だったが、ビアンカとルージュは堂々と歩く。私は馭者台のリーダーさんの隣に座る。何人かは悲鳴を上げたが、あえてなにか？　みたいな顔をしてみた。下手に弁明せずに、堂々としたほうがいいかも、と言われていたのだ。ビアンカもルージュも悲鳴を上げられても、見向きもしない。五匹の仔達は馬車の中だ。

ギルドに到着すると、他の冒険者の方々にものすごい警戒された。とりあえずギルドの前で晃太と母と花、ビアンカ親子、ルージュ親子に待ってもらい、私は父、リーダーさんとまず冒険者ギルドに。ざわざわされたが、仕方がない。いきなり武器を振り回されたらどうしようかと思ったけど、警戒しているだけのようだ。

私達は依頼窓口へ。護衛依頼終了のサインのためだ。リーダーさんが冒険者ギルドカードを水晶にかざし、職員さんが書類を確認。

「では、護衛依頼終了ですね。ミズサワ様、こちらに魔力を」

依頼者は私だ。

「無理です」

「では、血を一滴」

ちくっとな。

「確認いたしました」

一ヶ月半の護衛任務終了だ。

「リーダーさん、長い間ありがとうございました」

私と父はリーダーさんにペコリ。

「こちらこそ、お世話になりました。あ、馬車の返却まで付き合います。それからナーダリーグリズリーも提出したほうがいいですよ。そちらも付き合います」

そうだった、あの熊、お金になるらしい。リーダーさんとともに冒険者ギルドの窓口に向かう。

「買い取りをお願いします」

窓口には、中年男性。

「はい、どういったものでしょう？」

「ナーダリーグリズリーです」

「はい、承知しました」

中年男性は顔色一つ変えずに対応してくれる。

「こちらに出せますか？」

示されたカウンターは、それなりに幅があるが無理だ。

「ちょっと、狭いかと」

「でしたら、直接解体場にお願いします。ご案内します」

中年男性に案内され、奥に通される。解体場だから、スクラップな光景を覚悟したが、そんなことはなく、綺麗に掃除された倉庫だった。いろんなシミのついたエプロンを身につけた、厳つい男性が出てくる。後ろからも数人のエプロンをつけた人達。女性もいる。

「主任。ナーダリーグリズリーだそうです」

「ナーダリーグリズリー？　随分久しぶりだな」

「できます？」

「任せろ」

男らしい。

「では、こちらにお願いします」

「はい、お父さん」

「ん」

父がアイテムボックスから、例の熊を出す。すうっと厳つい男性の表情が引き締まる。

「どれくらいで終わります？」

「一晩」

「分かりました。では、こちらにお願いします」

中年男性に再び案内されて、倉庫を出る。ちらっと振り返ると、厳つい男性が、磨きあげられた細長い包丁を鞘から抜いていた。

見ない、見ない。私はあんまりああいうのは好きじゃない。

買い取り窓口に戻り、カウンターで手続きに入る。

「大物ですので、身分証をお願いします」

「すみません。まだ、取得していないんです」

「そうですか、では、あのナーダリーグリズリーはどなたが仕留めました？」

中年男性はちらっとリーダーさんを見るが、すぐに外す。

「それは、えっと」

私は咄嗟に外で待つビアンカとルージュを指す。ごめん、私のスキルは知られたくないの。

「左様ですか。ならばあなたが主人で？」

「まだ、仮契約です」

「そうですか、では、書類を作成致します。少々お待ちください。よければ、冒険者ギルドの登録をご検討ください」

無理だよ。

「リーダーさん」

こそっと聞く。

「こういった場合、冒険者登録したほうがいいんですかね？」

「そうですね。仮とはいえ契約しているように見せるなら、冒険者ギルドカードに従魔として記入されますから、街とかに入る時にスムーズになりますよ」

「なるほど」

どうしよう？　これは家族会議の議題だな。

考えていると中年男性が戻ってくる。

「では、こちらの書類に魔力を」

「お父さん、お願い」

「ん」

父が魔力を流す。父は、ディレナスの魔道具開発機関に勤めている時に、魔力を流せるようになっていた。そのことを私が知ったのは最近。どうやら私もできると勘違いしていたようだ。今度教えてもらおう。

「では、こちらの木札をお持ちください。明日の昼までに査定は終わります」

「ありがとうございます」

木札を受け取り、今度は商人ギルドだ。

さあ、ここからが問題だ。

ドアの一枚にはがっつりビアンカの爪痕、馬車の中はレースのカーテンがぼろぼろ、座席もずたぼろだ。修理代、いくらかなあ？

「終わりましたか？」

パーカーさんが馬車を預け終わったのか、ギルドから出てきた私達に声をかける。

「はい、なんとか。あと問題はこれです」

ビアンカの爪痕が入ったドアに、内装はぼろぼろ。

「そうですなあ、修理代となると百万単位はかかりますなあ」

ああ、やっぱりぃ。

ギルド職員さんの誘導で、私達が借りたSランクの馬車を移動させる。

「まあでも大事なのは付与のある車輪と車軸と、床ですからね」

付与。確か、ディードリアンさん情報では、重さを軽くしたり、魔法の力の補助をしたりするらしい。このSランクの馬車には衝撃吸収が付いている。その衝撃吸収の付与が付いているのが、車輪と車軸と床板。

「ここが無事なら、なんとかなるでしょう。まあ、ドアは付け替えて、内装も総替えでしょうけど」

パーカーさんはそう言ってくれるが心配だ。

『どうしたのです？』

爪痕をつけたビアンカが心配そうに聞いてくる。

「ん、大丈夫、なんでもなかよ」

私はビアンカの背中を撫でる。『鷹の目』の皆さんも『山風』の皆さんも心配そうだ。

修理代がかかるとしても、私達には資金がある。ボナさんが高額で買い取ってくれたから、かなり余裕があるし、私の抗生剤の特許代も手付かずだ。父のカセットコンロのお金も残っている。大丈夫、大丈夫。

商人ギルドの若い男性職員と女性職員が来て、馬車をチェックする。なんか、愛想もくそもない。私達を見て、ふん、と鼻で笑った。

感じ悪。だが、馬車の傷はこちらの責任だ。

「あの、修理代、おいくらくらいですか？」

おずおずと聞くと、男性職員が明らかに芝居がかった様子で、わざとらしく話し出す。

「ああ、なんてことだ。数少ないSランクの馬車なのに。こんなに破損して、これは修理なんてできませんよ」

「はあ？　付与がついている車軸とかは大丈夫なんですよね？」

私が言うと、男性職員は更に続ける。

「これだから素人が。話にならないですね。損害は甚大（じんだい）なんですよ」

「だから、なにがどう甚大（じんだい）なんですか？」

「こちらは買い取っていただきます」

「はあ？」

大事なSランクの馬車でしょ、そう簡単に手放していいわけ？　修理したら使えるんじゃないの？

「まあ、中古ですけど、Sランクの大型。少なくとも五千万ですね」

「はあ？　五千万？」

あまりの額に私は間抜けな声を上げる。

「払えます？」

そんな私に、更にバカにしたように言う男性職員。後ろでは女性職員もニヤニヤしている。なんか、嫌な感じだ。払えないことはない、私達の手持ちを全部出せばなんとかなるが。言いよどむ私。

「ですよね、払えませんよね。困りましたねえ、ああ、そうだ、私がいい販路を知っていますよ」

「販路？」

嫌な予感がする。

「私の知り合いに財力のある伯爵がいましてねえ。そちらのフォレストウルフとクリムゾンジャガーの子供を、かなり融通して引き取るそうですよ。青のバンダナは雄ですよね。ウルフなら七百万、ジャガーは八百万。赤のバンダナは雌ですね。ウルフは一千万、ジャガーは千二百万ですよね。かなりいいお話だと思いますよ」

ニヤニヤ、ニヤニヤ。

ああ、なるほどそういうことか。この仔達を引き取るなんて言っているけど、その伯爵の飾り物、見せ物にしたいだけなんだろう。なんといっても、高ランクの魔物だし、かわいいし。きっと、引き取っても、世話なんて別の人に押し付けて、必要時に鎖に繋いで見せびらかすのだろう。華憐がSNSで人気になるために、マリンちゃんを使っていたように。

十中八九、伯爵とこの男性職員は裏で繋がっているんだろう。

『なにを言っているのですか？　腹が立ってきたのです』

『私達のかわいい子供達になにをするつもり？』

今にも牙を剥きそうなビアンカとルージュ。

私は咄嗟に手で制する。

そんなやり取りがあるなんて分からない二人の職員は、バカにしたように、ニヤニヤ笑いのままだ。こちらが追いつめられているのを、楽しんでいるんだ。きっと、ビアンカとルージュの姿を見て、馬車の傷を理由にヒスイ達を巻き上げようと画策したんだろう。

バカにしたような男性職員と、見下している女性職員に、私の怒りの導火線に火がついた。

家族として迎え入れるならまだしも、見栄やアクセサリー感覚の連中にかわいい仔達を売れと言われて、許せるものか。

五千万。

ほぼ全財産。これからのこととか不安だけど、なんとかなる。私には『ルーム』がある。宿には困らないし、選ばなければ、仕事はある。私達はなんとかなる。だから、守らんと。母親にぴったりくっついている五匹の仔達を。

私は静かに、後ろにいる母に伝える。

「お母さん、五千万出して」

その言葉に、男性職員と女性職員の表情が固まる。

「出して」

「わかった。晃太、花ば」

「ん」

一瞬考える仕草を見せたが、母は抱っこしていた花を晃太に渡し、近くのテーブルに金貨を出して並べる。

「あの、五千万ですよ」

「だからなんですか？　払うって言っているんですよ。そちらも手続きしてください」

私は鋭く答える。

「あの、ちょっと、お待ちください……」

「なにを待つんです？　そちらが言ってきたんでしょうが、さっさと馬車の販売手続きをせんね」

私も火が点いた。

後ろで見守っていた『鷹の目』と『山風』の皆さんが、驚いているのを感じる。

私がいつまでも動かない職員二名に、更に声を荒らげる。

「なんばモタモタしようとね？　お客が待っとるんよ。さっさとせんね」

更に言って、ようやく動き出す二人、モタモタと紙を出す。

「サインと魔力を」

「あんたバカにしとるん？　こんな真っ白な書類にサインなんかするバカがおるわけなかろう」

そう、出されたのは真っ白な書類だ。こんなのにサインしたら、内容を後付けする、きっと、向こうのいいように。私は当然突き返す。

「まず、あの馬車の機体番号があるはず。その馬車の機体番号の記載。それからこの馬車の走行距離や製造年月日を証明する書類も出してください」

花を抱っこした晃太が続く。

「それから一千万以上の取り引きには、書類の端に商人ギルドの判子が押されているはずです。それもありませんね」

確か、ボナさんが丁寧に説明してくれた。

蜂蜜などの買い取りの時に、一千万を超えた書類に判子を押していたボナさんに、晃太が何気なく聞いていたら、一千万を超える取り引きや依頼などには、書類の端にそれぞれのギルドの判子を押すんですよって。

「さあ、押してもらえます？」

晃太がとんとんと書類をつつく。男性職員の顔に汗が浮かぶ。

「どうしたんですか？　こちらは五千万支払うんですよ、さあ、そちらの誠意を見せてもらえます？　あの馬車の書類はまだですか？」

女性職員がおどおどしながら書類を出す。

父が馬車のナンバーを確認。ナンバーは馭者台（ぎょしゃだい）の裏にある。

「うん、この馬車のナンバーや」

「わかった」

男性職員が書類を書き上げる。判子もあり、馬車のナンバーとその所有権を五千万で譲渡するという内容だ。責任者は男性職員の名前だが、覚える気はない。

「パーカーさん、この書類大丈夫ですかね」

ことの成り行きを見守っていたパーカーさんに声をかける。なんせ、向こうはプロだしね、どんな手を使って誤魔化すか分からない。

急に声をかけられてパーカーさんは驚いていたが、書類を見てくれる。

「はい、大丈夫ですよ。これでサインをして魔力を流せば、この馬車の所有権が移ります」

「ありがとうございます」

私は自身の名前を書く。

「優衣、五千万揃えたよ」

「ありがとう、さあ、先にそっちが魔力を流しい」

私が書類を押し出す。汗を浮かべた男性職員は、更に顔色が悪くなる。

私のすぐ後ろに、ビアンカとルージュが音もなく近づいてきた。

男性職員は震える手で、魔力を流す。私は母から針を借りて、ちくっとな。うん、頭に来ていたから、かなり深く刺してしまった。痛いし、血がダラタラ出ているが、一滴垂らして終了。

「さあ、五千万よ。晃太、馬車入れといて」

「ん」

晃太がアイテムボックスに、馬車をしまう。

もう、多少大きいのがばれてもよか。男性職員と女性職員が目を剥く。

ふんだ。

「これで終了。さ、行こうかね、うわっ」

ビアンカがダラダラ血が出ている私の指を舐めたのだ。びっくりした。あ、野生の動物って傷とか舐めるって聞いたことある。なんて思っているとルージュまで舐める。

花の小さい舌とは雲泥の差の大きい舌は、ざらざらしている。

「どうしたん？　二人して」

『母が言っていたのです』

『ええ。言っていたわ』

うん？　二人にしか分からない話だろうけど、なんだろう？

『私達の声を聞くことができ、その声に応えなんの見返りもなく、救いの手を差しのべるような者が現れた時』

『その者の生を全うするまでともに歩むのも、悪くはないって。母は言っていたのです』

『だから、ともに行くわ。子供達と一緒に』

ともに？　そりゃ、東にいるという二人の兄のところまではと、思っているけど。多分、これ違う感じだよね。

【フォレストガーディアンウルフ、クリムゾンジャガー。従魔契約、従属の了承を待っています】

頭の中に、声が流れる。あのレベルアップした時の声だ。

従魔って、ああ、テイマーに従う魔物よね。

うーん、従魔。従えた、いや従わされた魔物。響き、嫌やなあ。

「ねえ、ビアンカ、ルージュ。従魔って響きが嫌やなあ」

私は息をつく。そして私の前にお座りして、同じ目線にある二人に笑いかける。

「ねえ、これっていろいろな縁だと思うんよね」

個人で馬車を借りて、冒険者パーティ『鷹の目』の皆さんに護衛してもらった。

マーランの首都に入る前に、助けた老人からもらった腕輪でいただいた新しいスキル。

途中で出会ったパーカーさん親子、護衛の『山風』の皆さんもいい人達だ。

ビアンカやルージュの助けを求める声を聞くことができて、『神への祈り』で助けることができた。

すべて私の純粋な力ではない。

そんなふうに考えていると、ビアンカとルージュが私の顔を覗き込む。

『嫌なのですか？』

『迷惑？』

「違う違う。従魔って響きがねえ」

父に食べ物の鑑定をしてもらおうと、甘えたように寄っていく姿を見ているから、従魔というより、なんというか。

もう、目立ちたくないとかどうでもよか。

「ねえ、家族じゃダメ？　これも縁やし、ダメかね？」

『家族、なのですか？』

「そう、家族」

ビアンカとルージュは顔を見合わせる。

『いいわ、家族、いいわ素敵』

『いいのです』

「なら、今日からみんなうちらの家族や。よかよね？」

振り返ると、父と母、花を抱っこした晃太が当然のように頷く。さすが我が家族や。

「ようこそ、水澤家へ」

私は両手を広げて、ビアンカとルージュの首に腕を回す。

「心配せんでよかけんね、私達がみんなを守るけんね」

【フォレストガーディアンウルフ（成体）一体、フォレストガーディアンウルフ（幼体）三体、クリムゾンジャガー（成体）一体、クリムゾンジャガー（幼体）二体、水澤優衣の従魔となりました】

従魔って響きはいややな。どうしてもこのような表記になってしまうのだろうけど、もう、ビアンカもルージュも元気達も水澤家の一員や、大事な大事な家族や。

こうして、ユリアレーナに無事入国したその日に、私達水澤家は新しい家族を迎え入れることになった。

まだまだ慣れない異世界生活。それでも家族がいればきっとなんとかなるはずだよね。